LES FOIBLESSES D'UNE JOLIE FEMME, OU MEMOIRES DE MADAME DE VILFRANC,

Écrits par elle-même.

Première Partie.

A AMSTERDAM,

Et se trouve à PARIS,

Chez BELIN, Libraire, rue Saint-Jacques, vis-à-vis celle du Plâtre.

M. DCC. LXXIX.

AVIS DE L'ÉDITEUR.

NOUS publions ces Mémoires, tels qu'ils nous ont été remis. Il ſuffira de les lire pour ſe convaincre, qu'ils ſont la confeſſion naïve que fait une Femme plus foible que corrompue, de tous les écarts où l'ont précipitée le tempérament, l'eſprit & le cœur tour-à-tour. Une éducation ſoignée les auroit prévenus ſans-doute : mais Madame *de Vilfranc* fut malheureuſement trop-tôt abandonnée à elle-même. Au reſte, le récit de ſes Avantures, quoiqu'aſſez découvert, ne peut qu'effrayer celles qui ſeroient tentées de l'imiter. Victime tantôt de ſa propre paſſion, plus ſouvent de celle des autres; quelquefois le jouet d'Hommes ſans mœurs, elle préſente ſa conduite comme un tableau frappant, aſſez inſtructif par lui-même; elle laiſſe au Lecteur l'application des correctifs. C'eſt ainſi que le Peintre des mœurs dépravées du Beau-monde, nous a donné dans ſon hiſtoire de *Zulica* & de *Mazulim*, la meilleure leçon de morale que ſon Siècle pût recevoir. LES

LES

FOIBLESSES

D'UNE

JOLIE-FEMME.

PREMIERE PARTIE.

JE renonce à la coquetterie comme j'ai quitté la plupart de mes Amans ; je veux dire sans regret. Les manéges, les peines & les plaisirs de l'amour ne sont plus guères du ressort d'une Femme de quarante ans ; il est à cet âge d'autres occupations qui peuvent donner le change à l'ennui ; la médiſance, par exemple, le jeu, la table : Pour la bigoterie, c'eſt une reſſource trop triſte & trop décriée ; on n'eſt plus dupe des fauſſes Dévotes. Au reſte, je me réſerve la liberté de choiſir, lorſque je me ſerai bien conſultée : en attendant, je vais m'amuſer à mettre au jour mes Aventures, &, par contre-coup, les bonnes ou mauvaiſes réflexions qui me viendront à l'eſprit. Je ne ſçais ſi j'écris bien, je ne ſais ſi j'écris mal ; c'eſt au Lecteur à s'en convaincre ; ſi je l'ennuie, j'en ſuis fâchée ; mais il eſt bien juſte que je prenne ma revenge au moins une fois : tant de Livres m'ont fait bâiller dans ma vie ! Mes Œuvres, jusqu'à ce jour, ne consistent qu'en quelques billets, qu'à la vérité ceux qui les recevoient trouvoient charmans, merveilleux ; mais comme tous les Hommes, je dis tous, font profession ouverte d'imposture à l'égard des Femmes, leurs louanges, style ordinaire de la séduction, ne flattent plus ma vanité : c'est un des avantages de la galanterie de donner de l'expérience ; peut être n'est-ce pas le seul.

Toutes les Prudes, qui me liront, ne manqueront pas de crier au scandale. Je m'en moque d'avance ; car je sais que les Personnes raisonnables ne font point attention à ce que disent les Femmes qui affectent tant de réſerve, & médiſent pieuſement de leur prochain.

J'ai entendu ſoutenir qu'il n'y avoit pas de Livre ſans préface : eh-bien, voilà la mienne ; on la prendra pour telle ſi l'on veut. Venons au fait actuellement.

JE DOIS la naiſſance, une bonne éducation, une fortune aiſée, à des Négocians, qui, après s'être enrichis dans le commerce des Iles de l'Amérique, vinrent faire leur ſéjour à Paris. Seul fruit de leur union, que rien n'avoit jamais altérée, j'en étois chérie, parce qu'ils s'adoroient encore, quoiqu'après vingt ans de mariage. Il eſt vrai qu'on ne trouvoit pas alors de ridicule dans ce qu'on appeloit *faire bon ménage*, du moins chez les Particuliers. Heureuſement la mode en eſt paſſée, d'autres tems, d'autres mœurs ; on s'arrange bien mieux aujourd'hui. Quelque ſéduiſant cependant que paroiſſe aux yeux des Femmes le genre de vie que j'ai mené, je le crois beaucoup moins deſirable que cette tranquilité, qui naît d'une paſſion douce & uniforme, dont l'eſtime eſt le fondement. Mais le bonheur de cet état, paiſible & délicieux, eſt-il fait pour être ſenti par toutes les Femmes ? Je ne crains pas d'aſſurer que non ; & je m'en rapporte à toutes celles qui, comme moi, ont reçu de la Nature une ame extrêmement ſenſible. Qu'on ne croie pas que je cherche un prétexte pour couvrir mes égaremens ; je connois mes torts ; j'en rougis ; & c'eſt une amende honorable que je vais faire en les découvrant au Public : ma confeſſion, quoique naïve, quoique libre même, ne ſera peut-être pas ſans utilité ; ne lit-on pas que les Spartiates, pour inſpirer à leurs Enfans le goût de la ſobriété, faiſoient enivrer leurs Eſclaves ? La conſéquence en ma faveur eſt claire. Dépouillez le vice des attraits de l'illuſion, l'on n'appercevra plus que ſa laideur : tel eſt préciſément l'effet de la lecture.

J'avois perdu mon Pere avant treize ans ; à peine en avois-je quatorze, que je commençai à devenir inquiette & rêveuſe, & à former des deſirs confus, dont j'ignorois encore le motif. Mon cœur, juſqu'alors tranquile, palpita tout-à-coup, & ſentit qu'il n'étoit pas fait pour être longtems inſenſible ; la matiere dont il étoit formé devenoit plus combuſtible de jour en jour; il ne falloit plus qu'une étincelle pour l'enflammer. Cependant j'atteignis quinze ans ſans éprouver autre choſe que des inquiétudes & une douce mélancolie, préludes des paſſions les plus violentes. Ce fut alors que Derville s'offrit à mes yeux, armé de tous les traits de l'Amour, dont il auroit pu, à juſte titre, ſe prétendre le rival. Il étoit dans cet âge heureux, où un Jeune-homme, sans être encore vicieux, est parvenu à se défaire de l'extrême timidité de l'enfance, c'est-à-dire qu'il avoit vingt ans. Représentez-vous un Jeune-homme, de la taille la mieux prise, d'une physionomie animée & gracieuse, parée de la fraîcheur de la jeunesse & de la santé la plus parfaite, toujours riante, comme pour montrer les plus belles dents du monde; ajoutez un œil tendre & plein de feu, une jambe faite à peindre, une gaîté charmante, les manieres que donne l'usage de la bonne société; & vous aurez le portrait de mon Héros.

Ce fut à un bal que nous nous

vîmes pour la premiere fois. Sa présence me fit éprouver un trouble, qui me causa de la peine & du plaisir; les grâces qu'il réunissoit en dansant acheverent ma défaite. C'étoit lui qui devoit faire éclore en moi le germe du sentiment, & les premieres impressions de l'Amour, qui sont presque toujours les avant-coureurs des plus cruels chagrins. Il me pria de danser; j'y consentis avec joie, & ne fus pas la seule de l'assemblée qui m'apperçus que la danse étoit l'objet qui l'occupoit le moins. Ses distractions continuelles, ses pas précipités, ses yeux trop constamment attachés sur les miens, tout déceloit son agitation. Mon cœur palpitoit trop violemment, pour que je pusse soutenir longtems cette dangereuse épreuve ; je terminai promptement la danse. Le menuet à peine fini, l'amoureux Derville me conduisit dans une salle à côté. Le Dieu aveugle & malin, qui m'avoit designée pour être une de ses victimes, nous y fit trouver seuls : également embarrassés, & n'osant ni l'un ni l'autre prononcer un seul mot, Derville imprima sur ma main un de ces baisers pénétrans, qui causent une émotion si voluptueuse, & dont un cœur tendre se plaît, pour ainsi dire, à savourer les délices. Je voulus observer un air froid & réservé ; mais j'étois trop émue, un sourire s'échappa malgré moi.

—« Serais-je aſſez heureux, Ma-
» demoiſelle, me dit Derville,
» pour vous faire partager des ſen-
» timens que votre vue a fait naître,
» & qui ne s'éteindront jamais »?
Il garda le ſilence, après ce peu de mots; ſoit que l'expreſſion manquât à l'énergie de ſes idées, ſoit qu'il attendît une réponſe. Mais je n'étois pas en état de lui en faire; d'ailleurs, je ne ſavois trop que lui dire. Il auroit joui longtems du trouble délicieux qu'il me cauſoit, ſi le bruit de pluſieurs Perſonnes qui ſurvinrent ne m'en eût heureuſement tirée. Dès ce moment je devois ſans doute l'éviter, ou tout au moins lui faire des reproches de la liberté qu'il avoit priſe; mais

outre que je n'avois pas encore aſſez d'uſage pour ſavoir grimacer à propos, je ne pouvois jetter les yeux ſur lui ſans le trouver plus aimable, & ſans me féliciter en ſecret des témoignages qu'il me donnoit de ſa tendreſſe, que mon cœur ne juſtifioit que trop. Je crus pourtant devoir prendre un air de ſévérité, dont je me repentis auſſitôt ; car je vis avec un dépit mortel que Derville alla s'aſſeoir à côté de ma Mere, ſans paroître prendre aucun intérêt aux divertiſſemens du bal, dont juſqu'alors il avoit fait tout l'agrément. Je commençai à mal augurer des Jeunes-gens en général, en interprétant à leur deſavantage cette apparence de légéreté de la part de celui qui m'avoit ſi vivement émue ; auſſi affectai-je de le regarder avec indignation. Il s'en apperçut bientôt : « — Ne me jugez pas ſur l'apparence, Mademoiſelle, me dit-il à » voix baſſe, en s'approchant de » moi ; je me ménage les moyens » de vous témoigner combien je » deſire de me concilier vos bontés, dont je crains bien de n'être » pas digne ». Il me fut aiſé de comprendre qu'il s'appliquoit à gagner la confiance de ma Mere, pour avoir occaſion de me rendre viſite. Je lui en ſçus tout le gré poſſible, & mes yeux durent l'en inſtruire : c'eſt le langage le plus éloquent, ſur-tout lorſqu'ils ſont les interprêtes du cœur.

L'heure de nous retirer étant venue, Derville obtint de ma Mere la permiſſion de nous accompagner. Nous n'étions que nous trois dans la voiture, & je me trouvai placée à côté de lui. L'obſcurité lui fit haſarder de prendre une de mes mains, que je ne retirai pas : il oſa même la mettre dans la ſienne; j'en reſſentis un frémiſſement ſi vif, que ma Mere s'en apperçut; le froid fut mon prétexte : c'eſt le premier menſonge que l'Amour m'ait fait faire. Nous arrivâmes; Derville prit congé de nous, & nous quitta, après avoir obtenu la permiſſion de faire quelquefois viſite à ma Mere.

L'esprit tout plein de lui, ne pensant qu'à lui, ne voyant que lui, je n'eus rien de plus pressé que de me retirer promptement dans ma chambre pour y rêver à mon aise.

Je cherchai longtems à deviner la cause du changement subit qui s'etoit fait en moi : mes réflexions ne purent m'éclairer ; je sentois bien tout l'attrait invincible qui m'entraînoit vers ce Jeune-homme ; mais je ne pouvois aller plus loin, & je me contentois de répéter à chaque instant : *qu'il est aimable !* sans deviner la cause de cette préférence : c'étoit un problême que Derville seul devoit bientôt résoudre. Je me couchai fort inquiette, comme ſi j'avais eu un preſſentiment des chagrins cruels qui alloient ſuivre les plaiſirs que l'Amour ſongeoit à me procurer.

Quoique la Nature ſe fût déja expliquée à mon cœur, l'ignorance dans laquelle j'avois été élevée, laiſſoit ſur mes idées un nuage que je deſirois de pouvoir percer. Prodigieux effet de l'Amour ! Derville que je connoiſſois à peine, qui étoit d'un ſexe dont on m'avoit donné les plus mauvaiſes idées, ce Derville enfin, dont les mœurs & le caractere m'étoient abſolument inconnus, me paroiſſoit le ſeul Être à qui je duſſe confier mes plus ſecrettes penſées, & le ſeul propre à faire mon bonheur.

Mes

Mes réflexions me conduisirent jusqu'au jour ; jour célebre qui devoit être l'époque d'une longue suite d'égaremens. Aussitôt qu'il parut, je me mis à la fenêtre, persuadée que Derville ne tarderoit pas à venir. Puisqu'il nous a ramenées, me disois-je, & après la permission qu'il a demandée à ma Mere, l'usage exige qu'il vienne ce matin savoir comment nous avons passé la nuit.

Voilà des réflexions bien avancées pour une Jeune-personne de quinze ans ! mais on sait que l'Amour est un grand maître ; d'ailleurs j'avois beaucoup lu de nos Brochures modernes.

J'attendis à-peu-près une heure,

que l'impatience & le dépit me firent trouver d'une longueur insupportable ; je ne songeois pas qu'il étoit encore trop matin. Enfin je l'apperçus venir : quelle joie ! quelle émotion ! ma Mere n'étant pas encore levée, mon premier soin fut d'aller dire à sa Femme-de-chambre de ne point l'éveiller, parce qu'elle devoit être fatiguée. Derville entra comme j'achevois de prendre cette précaution, qui ne seroit jamais venue dans l'idée d'une Fille de mon âge, si l'Amour ne la lui avoit inspirée. Il me trouva dans l'antichambre ; j'hésitois de le recevoir chez moi, parce que je craignois les réprimandes de ma Mere, dont j'aurois sûrement été desapprouvée : cependant je crois que le penchant l'auroit emporté sur toute autre considération, si la Femme-de-chambre ne m'eût dit (fort étourdîment, comme on le verra bientôt) de faire un tour au jardin avec M. Derville, en attendant qu'il fût jour chez ma Mere : cette bonne Créature avoit plus de politesse que de prudence.

Malgré la fraîcheur du matin, le tems serein & le soleil levant invitoient à la promenade. Je ne me doutois pas du risque que je courois ; le bandeau de l'innocence étoit sur mes yeux, ou plutôt celui de l'Amour. Nous descendîmes au jardin : une belle salle de maroniers se présenta devant nous ;

Derville me conduisit par la main dans cet asyle du mystere, & me fit asseoir sur un banc de gazon. Il me dit les choses les plus tendres, en baisant un million de fois l'une de mes mains, que je retirois machinalement, & lui laissois ensuite reprendre. "—Je vous adore, charmante Bléville, me répétoit-il ; » la tendresse que vous m'inspirez a » toute la vivacité d'une véritable » passion. Eh ! le véritable amour » croît-il par dégrés ? Non, il acquiert presque toute sa force, » dès le premier instant où l'on » apperçoit l Objet qu'on doit ché» rir toute la vie ». Je ne répondis que peu de chose aux discours enflammés de mon Amant ; un ſilence éloquent nous tenoit lieu par intervalles de converſation, & nous nous entendions mieux que ſi nous euſſions beaucoup parlé : le cœur a ſon langage, il ne faut qu'un inſtant pour l'apprendre. Qu'euſſions-nous pu dire qui ne fût peint dans nos yeux ? Langage charmant, tu es celui de la félicité bien ſentie, & le véritable idiôme des Amans timides & ſinceres qui atteignent au bonheur !

Derville rompit le ſilence délicieux que nous gardions depuis quelques inſtans : « — Vous ne me » dites rien, Mademoiſelle, s'é» cria-t-il en ſe jetant à mes ge» noux ; eſt-ce à l'indifférence ; eſt» ce au mépris que je dois attribuer

» votre silence? Et puis-je encore
» espérer de vous convaincre que je
» ne suis pas coupable ? Hier, un
» regard sévere m'a peint tout mon
» malheur; l'ai-je mérité? Croyez-
» vous que je vous aurois quittée
» un seul instant, si l'intérêt de
» mon cœur n'eût point exigé cet
» effort? Non, adorable Bléville,
» le sentiment que vous m'inspirez
» n'est pas d'un genre à ne faire
» qu'une impression passagere. C'est
» dans le moment où j'eus besoin
» de me faire la plus grande vio-
» lence, pour ne pas vous jurer à
» genoux que je vous adorois; c'est
» dans ce moment, dis-je, que
» vous m'avez cruellement soup-
» çonné d'indifférence ou de perfi-

» die. Soyez juste, belle Bléville, » & convenez que l'Amour, té- » moin de ma sincérité & de vos » soupçons odieux, exige une satis- » faction ».

Tout cela fut prononcé avec tant de feu & de volubilité, qu'il étoit impossible de n'y pas reconnoître l'expression du sentiment. Je rougis ; je voulus lui faire une réponse, & je ne pus m'exprimer que par des mots entrecoupés. Qu'on juge s'il me fut possible de résister à ses transports. J'ai déja dit qu'il étoit à mes genoux, l'attitude dangereuse qu'il avoit prise, le trouble qu'il lut dans mes yeux, lui donnerent de la hardiesse, & la tête acheva de me tourner. Ma vertu ne parut que quelques instans, & ma foiblesse lui prouva tout mon amour. Derville, après m'avoir communiqué, par mille baisers, le feu dont il étoit dévoré, devint plus téméraire, & je tombai sans force entre ses bras.

Vous le savez, Femmes sensibles, dont la premiere défaite a été le prix du véritable amour, vous savez si toutes les délices de la terre ont rien de comparable à cet état d'anéantissement; tout devient plaisir; le moindre mouvement fait naître une nouvelle sensation qui pénetre l'ame : quels momens succedent à ces plaisirs ! ils sont encore plus délicieux. Oui, la sensation qui termine la volupté est elle-

même

même un raffinement, un excès de volupté.

Une honte mal-entendue, puisqu'elle ne venoit pas du repentir, me fesoit tenir les yeux baissés, sachant à peine ce que j'étois devenue, & peut-être encore moins ce que j'allois devenir : jamais situation ne fut plus singuliere & plus embarrassante que la mienne.

» — O mon amie ! s'écria Derville, » vous repentez-vous d'avoir mis le » comble à la félicité de l'Amant le » plus passionné & le plus sincere ? » — Non, cher Derville, lui répon» dis-je ; vivez heureux, c'est le » vœu de mon cœur ; mon bonheur » dépend du vôtre, vivez heureux ; » mais que ce soit pour m'aimer sans » cesse. — Arrête, chere Amante,

» n'outrage pas le plus tendre amour » par le moindre ſoupçon d'inconſ- » tance ». —Deux baiſers furent le ſceau de ſes promeſſes ; le deſordre de mon ajuſtement raluma ſes deſirs; nos bouches ſe rapprocherent, & nous retombâmes dans cette ivreſſe délicieuſe qui n'eſt connue que des vrais Amans ; Derville s'emparoit de mon ame & me communiquoit toute la ſienne.

Enfin il fallut quitter le jardin : nous rentrâmes à la maiſon en cachant, du mieux qu'il nous fut poſſible, notre ſatisfaction mutuelle.

Ma Mere étoit levée ; ſa Femme-de-chambre avoit oublié de lui dire que Derville étoit venu ; comme elle nous vit entrer enſemble, elle penſa que nous venions de nous rencontrer dans l'anti-chambre. Tout ſe paſſa le mieux du monde ; Derville fit ſa viſite, & obtint de nouveau la permiſſion de revenir quand il le voudroit : nos yeux ſeuls ſe dirent adieu bien tendrement ; mais il fallut diſſimuler : l'Amour me l'avoit déja appris : que n'apprend-on pas dans un inſtant ſous un tel maître ?

Plus d'un Lecteur trouvera, ſans doute, que pour une Agnès de quinze ans, c'eſt aller paſſablement vîte ; mais mon peu d'expérience & mon âge ſont mes excuſes ; je n'oppoſai aux efforts de mon Amant aucune réſiſtance, parce que j'ignorois la conſéquence de ſes entrepriſes, & que d'ailleurs l'émotion que je reſſentois me mettoit hors d'état de faire la moindre réflexion. Après tout, chacun a ſa maniere de voir ; &, quant à moi, je ne me trouve pas plus coupable d'avoir terminé promptement, que ſi j'avois fait traîner le Roman en longueur : vaut-il beaucoup mieux en effet, céder peu-à-peu, que de ſe rendre ſur le champ ? Dans le premier cas on ſuit l'étiquete de la Galanterie, & dans l'autre on ſe livre aux conſeils de la Nature, de l'Amour & du Deſir. La ſaine morale dira qu'il ne faut faire ni l'un ni l'autre : je le ſais ; mais toujours eſt-il vrai (comme j'ai eu lieu de l'obſerver depuis) que les plus grandes fautes, ainſi que les plus belles actions, ſont ordinairement une ſuite preſque néceſſaire des circonſtances, & que telle Femme qui aura combattu avec avantage, pendant une année entiere (choſe pourtant preſqu'impoſſible) perdra le fruit de ſa longue réſiſtance au premier inſtant favorable qu'un Amant adroit ſaura ſaiſir. La foibleſſe eſt ſi naturelle au Sexe, & un Homme d'eſprit, aidé d'un peu de figure, eſt ſi dangereux, qu'une Femme ne doit jamais trop s'appuyer ſur ſa prétendue vertu! la plus ſage eſt la plus heureuſe ou la plus laide; rien au-delà. Cette leçon, pour ſortir de la bouche d'une Femme galante, n'en paroîtra pas moins vraie à quiconque voudra réfléchir.

Pendant que je ſuis en train de moraliſer, j'ajouterai que je crois aux ſympathies ; & une foule d'exemples, renouvellés dix fois tous les jours, autoriſe mon opinion. Je ſuis perſuadée qu'il exiſte une loi naturelle & générale, par laquelle il eſt dit, que chaque Individu n'en doit trouver qu'un dans l'autre Sexe qui lui convienne parfaitement, & que ces deux Êtres une fois réunis, les rapports, les convenances mutuelles qui ſe rencontrent entre eux, ne leur permettent pas de reſter longtems indifférens. Combien de Perſonnes dont un quart-d'heure, dont un ſeul coup-d'œil a fait le deſtin de toute la vie ? Quand deux cœurs créés l'un pour l'autre ſe rencontrent, ils se joignent & s'attachent, pour ainsi dire, par tous les points possibles; alors il n'y a plus de force humaine qui puisse les séparer; leurs liens semblent, au contraire, devenir plus indissolubles par les efforts que des Gens aveugles font pour les rompre. Oui, je le soutiens, des Parens assez cruels pour s'opposer à ces inclinations rapides & violentes, qui sont ordinairement le partage des âmes fortes & nées pour la tendresse, troublent l'ordre de la Société, en troublant celui de la Nature. Un Homme aimera-t-il sa Femme? une Femme aimera-t-elle son Mari? tous deux seront-ils bien attachés à leurs Enfans, si l'autorité, la nécessité ou l'indifférence ont préſidé à leur union ? Et des Peres-de-famille, vieillards imprudens, ou Financiers avares, oſeront crier au deſordre ! n'en ſont-ils pas la premiere cauſe ?

Ces réflexions, pour être ſenties dans toute leur étendue, auroient beſoin d'être mieux développées. Mais ſi je l'entreprenois, je me trouverois inſenſiblement engagée dans des raiſonnemens abſtraits & métaphyſiques, trop profonds, ſans doute, pour une Femme, dont la principale étude a été la coquetterie ; & meſſieurs les Philoſophes crieroient *haro* ſur moi : or, comme je ne veux pas de diſputes avec ces Diſpenſateurs de la raiſon humaine, je reviens à mon Amant, qui m'intéreſſe beaucoup plus que tout le reſte.

Depuis le moment fortuné où j'avois découvert une nouvelle ſource de plaiſirs dans le ſein de l'Amour, Derville ne me ſortoit plus de l'idée ; huit jours s'écoulerent ſans que nous puiſſions nous dire un ſeul mot en particulier, & huit jours ſont huit ſiecles pour de jeunes Amans qui brûlent de ſe voir ſans témoin. Mon cœur, que j'interrogeois ſans ceſſe ſur la nature de mes plaiſirs paſſés, ſembloit demander de nouvelles épreuves avant de pouvoir me répondre. Enfin, un certain ſoir, ſoir funeſte, ſoir fatal au bonheur de toute ma vie ! en allant me coucher, je trouvai dans ma chambre, dont une des fenêtres avoit vue ſur le jardin, une pierre à laquelle étoit attachée une Lettre; je la ramaſſai, ſans ſavoir qu'elle devoit cauſer plus de deſordres que la célébre pomme d'or; je ne dirai pas ſi je la lus précipitamment, j'étois Fille, partant curieuſe. Voici ce qu'elle contenoit.

« Chere Bléville, jugez de mon » amour par ma témérité : je ſuis » dans votre jardin à l'inſu de tout » le monde & de vous-même. Depuis huit jours que je n'ai pu vous » voir que devant votre Maman, » je ſouffre des peines inſupportables : facilitez-moi les moyens de » vous entretenir, en laiſſant votre » fenêtre ouverte : je puis monter » aiſément & ſans bruit ».

Cette Lettre laconique avoit été jetée dans ma chambre par Derville, qui ſavoit bien que perſonne que moi n'y entroit dans la journée. Je me mis à la fenêtre. Il m'attendoit impatiemment. Auſſitôt qu'il m'apperçut, il me dit à demi-voix, qu'il s'étoit muni d'une échelle de corde. Cet expédient, dont je ne connoiſſois pas encore tout l'avantage, & qui, peut-être, eut évité bien des malheurs, me parut trop périlleux pour mon Amant : il y avoit dans le jardin une échelle fort grande que je lui conſeillai d'aller prendre le plus doucement qu'il ſeroit poſſible : il y courut, & malgré ſa peſanteur & ſon extrême longueur, il parvint, ſans bruit , à la poſer contre le mur. De quoi l'Amour ne viendroit-il pas à bout ? Il monta dans ma chambre ſans autre témoin que Diane , qui lui prêtoit ſon ſecours. Envain aurois-je tenté de m'oppoſer à ſes transports; jamais il ne m'eût été poſſible d'arrêter la fougue de ſes careſſes : ſe jeter à mes genoux, ſe relever, me preſſer ſur ſon ſein, me couvrir d'une foule de baiſers, commencer cent propos qu'il n'achevoit pas, faire enfin mille extravagances ; tout cela fut l'affaire d'un moment ; un mêlange d'émotion, de crainte & de joie m'empêchoit de parler : nos ſoupirs brûlans, en ſe confondant, portoient dans nos veines tous le feu de l'amour.

Quelle douceur voluptueuſe n'éprouve pas une jeune Amante, qui ſent battre contre ſon cœur le cœur d'un Amant qu'elle adore ? Je n'entreprendrai pas de donner l'idée de nos plaiſirs, ils furent d'autant plus vifs, que depuis huit jours notre imagination nous en retraçoit à tout moment l'image.

Lorſque nous eumes payé à l'Amour un premier tribut, Derville me propoſa de faire lit commun le reſte de la nuit, pour rêver à notre aiſe à quelque moyen qui pût nous donner la facilité de nous voir fréquemment tête-à-tête. L'expédient de l'échelle avoit trop d'inconvéniens pour être ſouvent pratiqué. Je conſentis à tout ce que

Derville me demanda : avois-je encore quelque chofe à lui refufer ? Plus il exigeoit de preuves de ma tendreffe, & plus j'étois enchantée.... Hélas ! notre bonheur touchoit à fon terme. Mon Amant, en voulant fermer ma fenêtre, caffa une vitre ; la Femme-de-chambre, efpece d'Argus, qui ne dormoit jamais que d'un œil, & qui couchoit au-deffus de moi, éveillée par le bruit, fe leva fur le champ, & defcendit à ma chambre. Derville l'entendit approcher, fouffla l'unique lumiere qui nous éclairoit, & regagna la fenêtre. La vieille Sorciere l'apperçut à la lueur fombre de la lune : croyant voir un Loup-garou, elle ſe ſauva en heurlant de toute ſa force, courut avertir ma Mere qu'il y avoit des Revenans chez moi, & fit lever tous les Domeſtiques de la maiſon, en leur racontant l'hiſtoire miraculeuſe du Spectre, qui n'étoit rien moins qu'un Eſprit. Pendant tout ce vacarme, je m'étois jetée dans mon lit à moitié deshabillée. Pour Derville, il s'étoit allé cacher dans le jardin ; ce contre-tems l'étourdit au point qu'il oublia d'ôter l'échelle, ce qui nous auroit probablement ſauvés. Ma Mere, peu frappée du récit de la Duegne crédule, ne ſe hâta pas beaucoup de venir, attribuant cette viſion à la frayeur de ſa vieille Femme-de-chambre ; enſorte qu'elle me donna le tems de me coifer de nuit, & de me deshabiller entierement. Quand elle arriva, je feignis ſi bien de dormir, qu'elle ſe retira tranquilement, ſans inquiétudes, ſans ſoupçons. Cependant la maudite Piegrièche, dont un Démon, perturbateur du repos des Amans, troubloit ſans doute la cervelle, arme intrépidement chaque Domeſtique de torches allumées, de bâtons, de broches & de fourches, marche à leur tête droit au jardin, & leur recommande de tenir bon en cas que le Loup-garou faſſe réſiſtance. « Ne » craignez rien, » leur diſoit-elle en leur montrant ſon chapelet, » avec » cela ſeul je veux l'enchaîner

moi-

» moi-même ſans qu'il puiſſe re-
» muer ».

Si le haſard eût voulu qu'un chat noir ou roux ſe fût trouvé ſur leur paſſage, je ſuis ſûr que toute la troupe guerriere eût été déroutée, malgré l'exhortation pathétique du Général. Notre malheureux ſort en décida autrement. La premiere choſe qu'ils apperçurent fut l'échelle, qui ſervit à confirmer que la Vieille n'étoit pas ſi viſionnaire qu'on ſe l'étoit imaginé ; Derville, bloti contre une haie, ne pouvoit manquer d'être apperçu ; il le fut en effet. On ſauta ſur lui ; on le ſaiſit comme s'il eût été un voleur Il prit le ſeul parti qu'il eût à choiſir, qui étoit d'aller trouver ma

Mere. Elle n'avoit pas eu le tems de se recoucher : il se jeta à ses pieds, & lui confessa que se sentant entraîné vers moi par un charme irrésistible, & voulant cependant ne me devoir qu'à moi-même, il avoit cherché, avant de se déclarer à elle, à obtenir de moi un aveu, que la soumission que j'avois pour les volontés de ma Mere, lui auroit rendu suspect, s'il ne l'eût obtenu qu'en sa présence. Il ajouta qu'il sentoit bien qu'une démarche aussi hardie & aussi peu réfléchie étoit impardonnable ; mais que je l'ignorois entierement ; que c'étoit de sa part un de ces écarts qu'un excès d'amour occasionne, & qui tiennent de la folie, puisqu'il s'attendoit bien, s'il eût pu parvenir à ma chambre, que j'aurois été saisie de frayeur, & que j'aurois appellé du secours.

Quoique ces raisons fussent à-peu-près les meilleures qu'il pût donner, elles ne persuaderent pas ma Mere, qui, sans lui répondre, vint m'avertir de m'habiller promptement & de passer chez elle. J'ignorois le détail de ce qui venoit d'arriver; mais cet ordre de ma Mere ne me permit pas de douter de notre malheur. N'ayant d'autre ressource que mes larmes, je vins me précipiter dans ses bras, en lui demandant pardon : Derville eut beau me faire signe des yeux & de la main pour me faire entendre que je n'étois compromiſe en rien, je n'en devinai pas la ſignification. Mes larmes, ma confuſion & mes prieres découvrirent tout le myſtere. Beaucoup de Femmes, en pareilles circonſtances, euſſent maltraité leur Fille. Ma Mere, au contraire, ne ſe départit point de la douceur qui ne la quittoit jamais. Eh bien! Monſieur, dit-elle à Derville, vous avez violé les droits de l'amitié; que dois-je faire à préſent? —Conſentir à notre bonheur, lui répondit Derville: oui, chere Maman, ajouta-t-il en lui prenant les mains, qu'il mouilloit de ſes larmes, daignez nous unir, & tout eſt réparé; l'aimable Bléville ne s'y oppoſera point. Je le deſire; que mon crime ſoit la cause de notre bonheur commun. Vous avez une Fille tendre & respectueuse; ne rejetez point un Fils qui ne respirera que pour vous témoigner son amour & sa reconnoissance.

Je m'étois évanouie; ma Mere étoit plongée dans l'affliction : jamais scene ne fut plus attendrissante. —Mes Enfans, nous dit cette excellente Mere en pleurant, quelle raison aviez-vous de me cacher une inclination que votre âge justifioit; & pourquoi avez vous craint que je ne m'opposasse à ce que vous fussiez unis? A présent le deshonneur & la honte seront les tristes suites de votre inconduite. Et c'est vous & moi, ma Fille, qui en serons les malheureuſes victimes. Après avoir eſſuyé de ſemblables reproches & vu couler beaucoup de larmes, Derville avoua à ma Mere, qu'il craignoit quelques obſtacles du côté de ſon Pere, Homme dur & deſpotique. Il fut cependant arrêté entre nous, qu'il lui feroit part du deſir qu'il avoit de m'épouſer, & que pour peu qu'il fît difficulté d'y conſentir, il lui découvriroit tout ce qui s'étoit paſſé. Nous nous perſuadions que quelque ridicule que fût ce M. Derville pere, il n'auroit aucune répugnance à s'allier à une Famille qui n'étoit inférieure à la ſienne en rien, & que d'ailleurs il éviteroit à ſon Fils les ſuites d'une affaire qui, à la rigueur, auroit pu devenir ſérieuſe.

L'événement ne répondit point à notre attente : le Père de Derville, vieux Financier, qui n'avoit jamais peſé le bonheur qu'au poids de l'or, deſtinoit à ſon Fils une riche Héritiere, &, par conſéquent, rejeta bien loin tout projet d'alliance avec moi. Mon Amant, pour le déterminer en ſa faveur, ne manqua pas de lui faire l'éloge de ma Famille & de lui exagérer ma fortune. Le trouvant inflexible, malgré tout ce qu'il avoit pu dire, il lui détailla avec franchiſe l'avanture de la veille, en obſervant qu'il ne pouvoit y avoir aucun prétexte honnête pour ſe refuſer à l'accommodement que ma Mere propoſoit, qui étoit de nous marier, puiſque indépendammant de notre inclination mutuelle, ma fortune, ou peu s'en falloit, répondoit à la sienne. Si ma Mere, continua-t-il, n'obtenoit pas la juste satisfaction qu'elle desiroit, il se voyoit dans le cas d'être poursuivi & peut-être obligé de s'expatrier. Il ajouta, que s'il étoit assez infortuné pour avoir compromis l'honneur & la réputation d'une Fille qu'il adoroit, il aimoit mieux s'exiler volontairement & aller pleurer son malheur à l'extrêmité del' univers, que de se voir exposé à des reproches dont il ne seroit que trop digne, s'il étoit capable de contracter un autre engagement.

Ces raisons auroient sans doute

fait

fait impreſſion ſur le cœur d'un Homme ſenſible ; mais elles ne furent pas capables d'ébranler celui d'un Financier dur & avare. Le langage de l'honneur & de la vertu eſt une offenſe pour une ame vile, dont l'intérêt eſt la ſeule idole. Auſſi la réponſe véhémente de Derville ne ſervit qu'à le faire entrer en fureur. Après une vive ſortie contre ce qu'il appeloit le libertinage de ſon Fils, il lui jura qu'il ſauroit bientôt mettre ordre à ſa mauvaiſe conduite.

Derville connoiſſoit l'inflexibilité de ſon Pere : ſachant que rien n'étoit capable de le détourner d'une réſolution rigoureuſe, quand il croyoit ſon autorité compromiſe, il forma le projet d'un enlevement, ſans prévoir les conſéquences fatales qui pourroient en réſulter. Il ne me fit aucune part du dangereux deſſein qu'il méditoit.

Le vieux Derville ſe rendit au logis, & traita ma Mere avec tant de hauteur & d'indignité, que le chagrin qu'elle en conçut, la fit, dès le même jour, tomber ſérieuſement malade. La douleur qu'elle éprouvoit de ma mauvaiſe conduite, dont elle n'étoit que trop certaine, l'avoit bien plus cruellement affectée, que les inſolens propos de l'avare & orgueilleux Financier... Malheureuſe ! j'ai la mort de ma Mere à me reprocher. Ainſi non-ſeulement nos paſſions cauſent notre propre infortune, elles ſont encore le tourment des Perſonnes qui nous ont donné le jour, & dont ſouvent elles creuſent le tombeau. Que de peines je me ſerois épargnées, ſi j'avois été capable de faire à ſeize ans cette triſte réflexion !

Lorſque Derville vint nous voir, il trouva ma Mere au lit dans un état deſeſpéré, & moi pleurant à ſon chevet. Il n'oublia rien pour nous conſoler ; les plus tendres proteſtations ; le ſerment de ne jamais être à une autre qu'à moi, tout fut mis en uſage.

Le lendemain de cette viſite, l'extrême foibleſſe de ma Mere m'annonça que je n'avois plus longtems à la poſſéder. Derville, qui reſtoit à la maison le plus qu'il lui étoit possible, s'apperçut aussi que nous allions bientôt la perdre. Comme il se douta bien qu'à la mort de la meilleure des Meres, il n'auroit que des persécutions à attendre de l'Auteur de ses jours, qui le feroit veiller de près, dans la crainte que me voyant libre & en quelque façon maitresse de disposer de moi, nous ne prissions le parti de nous marier secrettement ; il jugea à propos de lui faire prendre le change. Pour cet effet, il fut le trouver avec une apparente soumission, lui fit des excuses de tout ce qui s'étoit passé, & le pria de lui rendre ses bonnes-graces, en lui promettant de ne plus songer à moi. Son Pere, dupe de cette feinte, ajouta foi à tout ce qu'il lui dit, & crut sans peine son Fils capable d'une infidélité, qui m'auroit mise au desespoir, tandis qu'elle auroit comblé les vœux de l'inflexible Vieillard.

Cependant ma Mere, dont la maladie augmentoit à toute heure, mourut dans mes bras le jour suivant, en me laissant accablée du regret de perdre la meilleure des Meres & la plus tendre Amie. Sa mort auroit été suivie de la mienne, si l'amour ne m'eût étourdie sur mon malheur. Cette chere & funeste passion ne m'aveugla pas toutefois sur la perte que je venois de faire; mais elle servit à modérer mon desespoir : au milieu de ma tristesse, il m'arrivoit de ſonger à mon Amant, & le chagrin que j'éprouvois devenoit moins vif. Si le cœur humain ne tenoit qu'à une ſeule paſſion, nous ſerions tous parfaitement heureux ou malheureux, ſelon la nature de l'objet dont nous ſerions affectés. Mais une ame ſenſible, ouverte à mille paſſions différentes, eſt continuellement en proie à la joie, à la douleur, à l'eſpérance, à la crainte & à tous les mouvemens tumultueux que lui communiquent, en même-tems, les ſituations agréables ou douloureuſes dans leſquelles elle ſe trouve. En réſulte-t-il pour nous un bien ou un mal? c'eſt ce que je ne déciderai pas. J'obſerverai ſeulement que je panche à croire que tout eſt arrangé pour le mieux. L'excès du bonheur ne peut pas durer toujours ici-bas, & l'excès du malheur eſt ſouvent au-deſſus de nos forces ; l'état moyen eſt le plus deſirable.

Ma Mere, avant de mourir, avoit inſtruit de tout ce qui s'étoit paſſé un de mes Oncles, que ſon droit d'aîneſſe ſur les autres autoriſoit à devenir mon Tuteur, & qui logeoit dans notre maiſon. Mon Amant alla le trouver : ils convinrent enſemble que pour forcer l'intraitable Vieillard à conſentir à notre mariage, mon Oncle le menaceroit de faire à ſon Fils un procès criminel, en l'accuſant de ſéduction, & de rapt prémédité, quoiqu'il eût été ſans effet. Mais les délais néceſſaires pour l'exécution de ce projet, & l'incertitude de la réuſſite ne s'accordant pas avec la fougue du jeune Derville, il trouva l'inſtant de me tirer en particulier, & de me dire, qu'étant pourvu d'une ſomme d'argent aſſez conſidérable, il ne tenoit qu'à moi d'aller vivre enſemble heureux & tranquilles en Angleterre, où il avoit des connoiſſances: qu'arrivés à Londres, il feroit enſorte d'y trouver quelqu'emploi; que nous nous y marierions; enfin, que c'étoit l'unique reſſource que nous laiſſoit l'opiniâtreté de ſon Pere, & le ſeul moyen de nous conſerver l'un à l'autre.

L'idée de devenir l'Epouſe de mon

cher Derville, le feu de ſon diſcours, la candeur & l'air de bonne-foi qui ſe peignoient dans ſes yeux, me firent paſſer ſur toutes les conſidérations. Je ne lui fis aucune obſervation ; je le ſerrai dans mes bras, en lui jurant que la perſpective de l'infortune ne m'effrayeroit jamais tant que nous ſerions enſemble, & je lui promis d'être dès le lendemain à ſept heures du ſoir prête à partir, ſans autres effets qu'un peu de linge à mon uſage ; Derville m'aſſurant avoir de quoi fournir à tout ce qu'il nous faudroit pendant le voyage ; car l'avenir n'étoit rien pour nous : entiérement occupés de l'inſtant préſent, notre vue ne s'étendoit pas plus loin. Nous nous embraſſâmes, & il courut ſe mettre en état d'accomplir ſon projet, après m'avoir fait promettre que rien ne me feroit changer de réſolution.

Le lendemain tout fut exécuté comme nous l'avions réſolu. J'étois à la fenêtre avant l'heure indiquée : à peine ſept heures ſonnerent, que je l'apperçus ; il me fit ſigne de deſcendre. Quoique je fuſſe toute tremblante & même étourdie par la crainte, je trouvai facilement le moyen de m'échapper. Mon trouble augmenta à la vue de mon Oncle, que je rencontrai à deux pas de ma chambre, & qui, n'ayant aucun ſoupçon de mon projet, me laiſſa paſſer ſans obſtacle. J'étois ſi tremblante, que je fus prête de me jetter à ſes genoux & de lui demander pardon, croyant qu'il devinoit mon deſſein. Heureuſement qu'il s'éloigna ſans me rien dire, ce qui me fit reprendre courage. Je ſortis de la maiſon, tenant mon petit paquet ſous le bras gauche ; Derville s'empara de l'autre avec promptitude auſſitôt que je l'eus joint, comme s'il eût craint que je lui échappaſſe, & me conduiſit à pied environ cinquante pas : je trouvai une chaiſe de poſte qui nous attendoit ; nous nous y fûmes bientôt arrangés, & un Poſtillon nous éloigna de Paris avec toute la rapidité poſſible. Preſſés l'un contre l'autre, ne voyant plus que nous ſeuls dans l'univers, nous nous abandonnâmes à la fortune, qui malheureusement est femelle, & partant inconséquente.

La nuit nous couvroit déja de son ombre ; nous n'étions éclairés que par le flambeau de l'amour, & peut-être par celui de la raison ; car enfin Derville m'aimoit, je l'aimois, n'étions-nous pas plus excusables de chercher à nous unir, qu'un Pere barbare ne l'étoit de vouloir nous séparer, pour nous rendre malheureux à jamais ?

Telles étoient à-peu-près les réflexions que mon Amant me faisoit faire en chemin, & que j'étois bien éloignée de ne pas trouver justes. Sa tranquilité, & la douce ſatisfaction que je liſois ſur ſon viſage, diſſiperent en peu de tems ma triſteſſe & mes craintes.

Si nous euſſions fait un long vo' age, j'aurois ſans doute des avantures extraordinaires à raconter au Lecteur; car la ſingularité ſuit toujours les Amans en ro ıte: mais je n'eus pas même le tems d'apprendre comment Derville avoit pu former un auſſi hardi projet, & l'exécuter dans le peu de momens qu'il y avoit employés: A peine avions-nous couru deux heures, qu'une ſoupente de la chaiſe rompit, ce qui nous força de deſcendre. Le tems qu'il fallut pour remédier à cet inconvénient nous parut un ſiecle entier. Enfin nous allions nous remettre en route, lorſque nous vîmes une foule de Gens à cheval qui s'avançoient vers nous, en criant : Ce ſont eux ! La voix de mon Oncle, & ſur-tout celle du Pere de Derville, qu'on entendoit par-deſſus les autres, nous fit connoître trop tard que nos meſures avoient été mal priſes, & qu'il ſeroit inutile de ſonger à ſe défendre. On ſe ſaiſit de nous ſans peine. Envain mon Amant protesta qu'il alloit ſe donner la mort, l'on nous ſéparoit ; on ſe contenta de lui en ôter les moyens, en le garottant comme un Scélérat. Les Cruels furent ſourds à mes cris, & inſenſibles à mes larmes. Je finis par perdre tout-à-fait connoiſſance,

& je n'ouvris les yeux que lorſqu'il fut queſtion de deſcendre d'une voiture, où je fus étonnée de me trouver. Je me vis dans ma chambre, ſans ſavoir à peine de quelle maniere j'y étois venue.

Depuis ce moment je fus veillée avec attention, & miſe au couvent peu de jours après, ſans qu'on daignât m'inſtruire ni comment nous avions été découverts, ni ce qu'étoit devenu mon Amant.

Ici la ſcene change : ce n'eſt plus le plaiſir de me voir entre les bras de mon cher Derville qui me fait treſſaillir, c'eſt la rage de me trouver éloignée de lui, & d'être ſequeſtrée au fond d'un cloître odieux, en proie à la douleur & aux regrets, ne pensant nuit & jour qu'à l'instant fatal qui nous avoit séparés, accusant le ciel & la terre de la mauvaise réussite de notre entreprise. Car c'est la folie des jeunes Amans, de croire tout intéressé dans leur passion, & de s'en prendre à tout le monde lorsqu'ils sont malheureux.

La Prieure vint me consoler : elle me promit qu'on auroit pour moi tous les égards possibles, & me dit mille choses obligeantes. Mais, hélas ! quel dédommagement ! A peine faisois-je attention à ce qu'elle me disoit. Je n'aspirois qu'après la solitude. Mon cœur, privé de tout ce qu'il aimoit,

se

ſe révoltoit contre les obſtacles qu'on lui oppoſoit. Tout ce qui m'approchoit me paroiſſoit inſupportable. Quoi ! me diſois-je, je ramperois ſous des Religieuſes, moi à qui l'Homme du monde le plus aimable auroit voulu offrir un trône ! Mes plaintes finiſſoient par des ſoupirs & des ſanglots, ſuivis de ces mots, ou d'autres à-peu-près ſemblables : —Cher Amant où es-tu ? que fais-tu ? peut-être auſſi malheureux que moi, mais moins tendre, tu déteſtes à préſent celle qui cauſe tes infortunes ? Ah ! ſi je le croyois.... mais non, cher Derville, ce doute t'outrage ; tu m'aimes encore ; la captivité où te retient un Pere barbare, t'empêche de me le prouver. Puis je pleurois des heures entieres, ce qui me soulageoit du poids affreux dont j'étois oppressée. Les larmes sont un baume pour les Amans au desespoir.

Je restai longtems dans cet état de détresse, rachetant au centuple, par la douleur la plus amere, le peu de momens heureux que l'Amour m'avoit donnés ; & comblant de malédictions le cruel Financier, à qui j'imputois tout mon malheur. Cependant j'avois peine à concevoir pourquoi je ne recevois aucunes nouvelles de Derville. J'avois lu dans les Romans tous les stratagêmes qu'on pouvoit mettre en usage pour faire parvenir des

Lettres, & même pour s'introduire dans un couvent. Que la situation du mien auroit été favorable à un Amant téméraire ! les murs du jardin, par le peu de hauteur qu'ils avoient, n'étoient pas difficiles à franchir. Chaque jour qui s'écouloit sans que j'entendisse parler de mon Amant, ajoutoit à mes peines, en justifiant mes soupçons.

La Prieure, Femme d'esprit, pieuse par sentiment, sans petitesse, sans affectation, & qui mérite à tous égards plus de louanges que je ne suis en état de lui en donner, eut assez de complaisance pour oublier la façon dédaigneuse avec laquelle j'avois reçu ses visites & ses conseils ; & ne voyant dans ma maniere d'agir que les mouvemens convulſifs d'un cœur que la douleur avoit ulcéré, elle parvint par ſa douceur, à me faire rougir de mes torts envers elle. La premiere choſe qu'elle obtint de moi, fut que je recevrois les leçons d'un Maître de muſique, que mon Oncle m'avoit envoyé, & que j'avois refuſé. Enſuite elle mit auprès de moi une Religieuſe, à qui elle me recommanda. Celle qu'elle m'avoit choiſie pour compagne & pour conſolatrice, étoit une grande Fille, auſſi belle qu'on peut l'être, avec une extrême pâleur, âgée d'environ vingt ans, qui avoit l'eſprit vif & beaucoup de douceur. Cette aimable Perſonne ne contribua pas peu à calmer mon chagrin; insensiblement je lui donnai toute ma confiance, & elle en prit en moi une si grande, qu'elle me fit le récit sincere de ses aventures, que je vais rapporter en peu de mots.

La Sœur Marthe (c'est le nom qu'elle avoit au couvent) étoit d'une famille distinguée dans le Militaire. Son Pere, dans le dessein d'assurer une fortune considérable à son Fils aîné, la pressa d'embrasser la vie religieuse dès l'âge de seize ans; mais, outre que cet état n'étoit pas de son goût, elle aimoit un jeune Officier qui n'avoit pas soupiré pour elle plus inutilement que Derville ne l'avoit fait pour moi, & que son bonheur n'avoit pas rendu infidele (chofe affez rare)! L'Amant, qui portoit quelqu'ombrage au Frere de Marthe, & qui, par conféquent, s'étoit attiré fa haine, ne pouvant plus voir fa Maitreffe qu'en fecret, lui propofa de l'enlever. Mais, foit par prudence, ou faute de réfolution, elle n'y voulut pas confentir. Dans ces entrefaites, fon cher Officier fut tué d'une chute de cheval; & la pauvre Marthe, moitié par douleur, moitié par force, fut victime de l'intérét, & facrifiée à l'ambition d'un Frere affez dénaturé pour établir fa fortune au prix de la liberté de fa Sœur.

La fympathie de nos humeurs, la conformité de nos aventures, &

les douceurs d'une confidence mutuelle, nous lierent ſi étroitement, que nous ne pouvions plus nous quitter. L'amitié eſt auſſi néceſſaire aux Perſonnes tendres, que les douceurs de l'amour. Rien ne ſoulage tant que de confier ſes peines à une Amie, ſurtout à une Amie malheureuſe; il n'y a que de la douleur à pleurer ſeule, & l'on trouve une ſorte de plaiſir à s'affliger deux: Nous ſentimes ſi bien cette vérité Marthe & moi, que nous n'eumes plus de ſecret l'une pour l'autre, & je n'en aurois pas davantage pour mes Lecteurs, ſi cela m'étoit permis. Ah! combien d'inconvéniens réſultent d'un célibat involontaire!...

Marthe étant venue à bout de dissiper presqu'entierement mon chagrin, me tint un soir ce propos singulier, qui fut la suite d'une conversation assez libre que nous avions eue ensemble.

« Ecoute, ma belle Pleureuse (nom qu'elle me donnoit communément) : » malgré tous les sermons & toutes les Grands-meres » de l'univers, il n'y a pas une seule » Fille de notre âge qui n'ait aimé, » & qui n'ait desiré d'être aimée ; » on a beau nous prêcher, la voix » du cœur est celle que nous écoutons préférablement, parce qu'elle » nous séduit ; l'amour est le vœu » de la nature ; c'est un tribut que » tous les cœurs doivent payer, les

» uns

» uns plus, les autres moins, selon » la dose de sensibilité que chacun » a reçue. Tu ne te doutes pas » encore où tend ce beau discours ? » Le voici, ma chere : nous sommes toutes-deux du nombre de » celles que la Nature a pourvues » de passions vives ; nous en avons » subi le joug ; mais notre condition présente semble nous prescrire de les surmonter. C'est-là » toute mon étude depuis que je » suis engagée. J'ai pris pour cela » des biais, que je veux te communiquer » . . . . . —En-vérité ma » Sœur, lui dis-je fort étonnée, je » ne sais où vous en voulez venir » ! Cependant la curiosité l'emporta sur certaines répugnances. . . . . . .

La conséquence que j'ai tirée dans la suite de cette conversation singuliere, c'est qu'il n'y a point de bonheur ni de vertu, dans ces états prétendus plus parfaits, réprouvés par la nature, & que les malheureuses Victimes n'y ont point de repos à espérer.

Malgré les amusemens dangereux que la Sœur m'avoit appris, je m'apperçus de jour en jour que la compagnie de Marthe ne remplissoit pas tout-à-fait le vuide de mon cœur : une Compagne n'est pas tout ce qu'il faut à une Fille de dix-neuf ans, dont l'ame sensible a déja senti l'amorce du plaisir. Je renonçai donc à cette foible peinture du bonheur, jusqu'à ce que le ſort y pourvût. Bientôt l'exemple de Marthe me détermina à prendre un parti.

Avant de préſenter au Lecteur le Succeſſeur de Derville, je devrois inſérer ici une bonne-fortune de Marthe, dont je fus témoin, nos chambres n'étant ſéparées que par une légere cloiſon, percée de tous côtés : mais les mêmes raiſons qui m'ont fait ſupprimer une grande partie de la converſation précédente, m'obligent à retrancher ce nouveau trait. Si j'en parle, c'eſt pour nuancer la progreſſion du changement de mes diſpoſitions, qui ſans cela paroîtroit trop bruſque.

Mon ſeul amuſement étoit la

musique, qu'on me faisoit apprendre; Celui qui m'en donnoit des leçons avoit un Fils, d'une figure très-intéressante. Ce Jeune-homme me rendoit de fréquentes visites, & je ne tardai pas à m'appercevoir que j'avois fait une vive impression sur son cœur. Mais il se contentoit de me regarder tendrement, lorsqu'il accompagnoit son Pere au parloir. S'il y venoit seul, ou il me parloit de choses indifférentes, ou il soupiroit sans oser me rien dire. J'attribuois son silence à sa timidité & à la présence de Marthe, qui ne me quittoit presque jamais. Je n'aurois pas été fâchée qu'il fût devenu un peu plus hardi : Je sentis bientôt qu'il m'inspiroit le plus tendre intérêt. Je confiai mon trouble ſecret à Marthe, & je fus un peu honteuſe de la voir éclater de rire. Après qu'elle eut aſſez joui de mon embarras, elle me parla de la ſorte : « —Crois-tu de bonne foi, que » j'ai ignoré juſqu'à préſent ce qui » ſe paſſe dans ton cœur & dans ce» lui de l'Objet de ta tendreſſe ? » Non, ma chere ; il y a plus d'un » mois que je ſais votre ſecret à » l'un & à l'autre : j'ai deviné ton » penchant, & Trénel m'a fait » confidence du ſien ; ſi j'ai tardé à » t'en faire part, c'eſt que j'ai voulu » te punir de ta diſcrétion. A pré» ſent que tu t'avoues vaincue, & que » tu me fais ta Confidente, apprends » qu'il eſt auſſi amoureux qu'il

» est aimable : c'est à toi à décider » maintenant si tu veux le rendre » malheureux, ou faire la cruelle. » Il me sera facile de vous procurer » l'occasion de vous voir, sans que » vos entretiens soient troublés. Il » peut escalader les murs du jar- » din, & tu gouteras le plaisir de » passer quelques instans avec lui, » aux heures où les Religieuses se » retireront dans leurs cellules : je » t'accompagnerai pour la bien- » séance ».

Je sautai au cou de ma chere Marthe, & la remerciai avec transport des nouvelles marques d'amitié qu'elle vouloit me donner. Quelques jours après Trénel fut averti de ce qu'il devoit faire ; j'eus la ſatisfaction de le rencontrer dans le jardin à l'entrée de la nuit. Il me jura de m'aimer toute ſa vie ; nous goutâmes dans l'épanchement mutuel de nos cœurs, des plaiſirs dont les vrais Amans peuvent ſeuls ſe former une idée.

Trénel avoit la perſpective de jouir, à la mort de ſon Pere, d'une fortune aſſez honnête ; il promettoit de la partager avec moi ; ma famille ne ſe ſeroit peut-être point oppoſée à notre union, quand un malheur imprévu nous ſépara pour toujours.

Un mois s'étoit écoulé dans une ſécurité parfaite : mais un ſoir que nous avions prolongé notre entretien, tandis que l'obligeante Marthe faiſoit le guet, deux Penſionnaires deſcendirent au jardin, je ne ſais par quel motif : mon Amie les apperçut, & accourut nous en avertir : Trénel ſe hâta de s'éloigner, & en ſautant la muraille avec trop de précipitation, il ſe laiſſa tomber & ſe caſſa la cuiſſe. J'appris le lendemain par ſon Pere ce triſte accident, & quelques jours après je fus informée de ſa mort.

Il eſt inutile de décrire la douleur que je reſſentis. J'en tombai malade, & j'aurois ſuccombé à mes chagrins, ſans les exhortations & les ſages conſeils de ma chere Marthe, qui, partageant toutes mes peines, parvint enfin à les adoucir.

Mais la ſolitude du cloître me devint inſupportable, quoique j'y goûtaſſe les charmes de l'amitié : Eh, qu'ils ſont foibles en comparaiſon de ceux de l''amour ! J'avois trouvé dans beaucoup de Romans pluſieurs exemples de Penſionnaires enlevées de leur couvent, toujours par des Hommes fideles, qui finiſſoient par les épouſer ; & rien n'eſt ſi dangereux que l'exemple, ſurtout lorſque le cœur eſt préoccupé. Peut-être aurois-je cherché à me faire auſſi enlever, ſi dans le tems que toutes ces idées romaneſques me paſſoient par la tête, mon Oncle ne m'avoit fait annoncer qu'il viendroit le lendemain me préſenter le Jeune-homme que ma famille me destinoit pour époux, avec ordre de me tenir prête à le bien recevoir.

Un ton aussi absolu ne s'accordant pas avec ma résolution de choisir librement, je me proposai de refuser le Parti qui se présentoit, quelqu'avantageux qu'il fût. Mais Marthe qui, comme toutes les jeunes Religieuses, auroit préféré l'enfer à son couvent, me conseilla de ne pas résister à mes Parens, depeur que, de concert, ils ne me forçassent à garder le cloître jusqu'à vingt-cinq ans. »—L'hom-
» me le plus maussade, me dit-elle,
» un Vieillard cacochime, pourvu
» qu'il soit ton mari, te donnera la
» liberté de vivre à ta fantaisie,

» Peut-être ne l'aimeras-tu pas au-
» tant que tu aimois Derville ou
» Trénel ; qu'importe ? tu feras
» Femme & libre. Que fais-tu,
» d'ailleurs, si le Mari qu'on te des-
» tine n'a pas encore plus de mé-
» rite que les deux Amans qui l'ont
» précédé ? Le premier est infidele
» ou mort ; l'autre est perdu à ja-
» mais pour toi. Crois-moi donc,
» ma chere, saisis l'occasion d'être
» promptement heureuse, puis-
» qu'elle se présente d'elle-même ;
» une fois échappée, tu ne la re-
» trouveras plus, & tes regrets
» seront inutiles. Ton Prétendu
» fût-il un vrai Magot, prends-
» le ; l'habitude de vivre avec lui
» te fera parvenir à l'aimer, ou du

» moins à souffrir ses caresses ».

Cette derniere réflexion n'étoit sûrement pas la meilleure. La bonne Fille ignoroit qu'aujourd'hui le mariage est une simple convention entre deux Personnes de s'aimer pendant quelques jours, & de vivre ensuite ensemble comme s'ils se connoissoient à peine. La méthode usitée dans la plupart des ménages, consiste, du côté du Mari, à oublier le titre ennuyeux d'époux, & à laisser Madame absolument libre chez elle. Par reconnoissance & par goût, la Femme ne songe qu'à fermer les yeux sur tous les petits soupers qu'il plaît à Monsieur de donner, & où elle n'est jamais appelée, & se livre à tous les travers qui peuvent flatter ſes caprices ; enſorte que la ſotte gêne, & la jalouſie ridicule étant une fois bannies du commerce des deux Epoux, chaque appartement eſt un temple où préſident l'amour (non pas conjugal), la liberté, les plaiſirs & la douce volupté. Voilà le ſyſtême des alliances de nos jours : quel honneur des expédiens auſſi commodes ne font-ils pas à la Philoſophie moderne ? Mais revenons à ce qui me concerne ; car les longues digreſſions ne ſont pas du goût de tout le monde.

Je n'avois pas plus d'expérience que Marthe ; ſes raiſons me déterminerent à me laiſſer marier. Je reçus le lendemain la viſite de mon

Oncle, accompagné de mon Futur & de sa Mere. On tint tous les sots propos d'usage; à chaque grave question que l'on me faisoit, mon Oncle me servoit d'interprête, de maniere que les paroles furent données & reçues de part & d'autre, sans que ceux pour lesquels on traitoit eussent proféré un seul mot. Ma prétendue Bellemere me demanda mon agrément pour que son Fils pût venir me faire sa cour, & mon très-cher Oncle l'accorda pour moi, sans attendre ma réponse. C'est cependant lorsqu'il est question de l'affaire la plus importante de la vie, que des Parens prennent sur eux d'en agir aussi légérement, & qu'ils font à peine les frais de

confulter les Parties intéreffées.
Tout ce que cette tyrannie a de révoltant a été répété mille fois ; mais l'on ne peut, quoique fans fuccès, s'empêcher de s'élever tous les jours contre un abus auffi barbare de l'autorité des Parens.

Quoique le Jeune-homme qu'on m'avoit amené fût d'une figure agréable, le filence obftiné qu'il avoit gardé lors de l'entrevue, ne me prévint pas en fa faveur : j'avois même fort envie de déclarer ma répugnance, lorfque je reçus fa vifite le jour fuivant. Après les premiers complimens, il me tint, avec un air de bonne-foi, le fingulier difcours que je vais rapporter, & qui étoit bien réfléchi, comme on le verra par la ſuite.

« —Je ſais, Mademoiſelle, que
» votre cœur a éprouvé les atteintes
» d'une paſſion violente; votre pre-
» miere Inclination m'eſt connue;
» vous avez aimé enfin, & peut-
» être eſt-il poſſible qu'il vous en
» ſoit reſté un vif reſſouvenir. Dans
» ces circonſtances, un Homme qui
» ſe préſente pour prétendre à votre
» main, joue un rôle difficile, &
» ne doit pas ſe flatter de gagner à
» la comparaiſon, parce qu'on tient
» toujours fortement à un premier
» choix. C'eſt ce qui m'engage à
» ne pas me rendre ridicule auprès
» de vous, en venant jouer la belle
» paſſion. Au-contraire, Made-
» moiſelle, je me ſuis propoſé de

vous

» vous parler avec franchiſe ; je
» vous en demande la permiſſion,
» ayant à vous entretenir ſur une
» matiere qui nous intéreſſe égale-
» ment tous-deux ».

Je lui répondis que j'étois diſpo-
ſée à l'entendre, & il continua.

«—Si mon cœur étoit fait pour
» aimer ſérieuſement, Perſonne
» n'auroit eu plus que vous, Ma-
» demoiſelle, le talent de me fixer;
» mais je dois vous avouer que juſ-
» qu'à préſent, je ne me ſuis pas
» connu ſuſceptible d'un long atta-
» chement. Nos Familles, d'ac-
» cord ſur les formules d'intérêt,
» paroiſſent avoir concerté une al-
» liance entre nous, & même c'eſt
» une affaire qu'elles tiennent pour

» conclue : obéiſſons-leur, ſoyons
» unis ; faiſons-nous un mérite de
» notre ſoumiſſion aveugle ; mais,
» en même-tems, ſachons être heu-
» reux autant qu'il dépendra de
» nous. Pour y parvenir, voici
» mes idées, que je ſoumets à votre
» déciſion. Nous ſerons mariés
» auſſitôt qu'il plaira à nos Famil-
» les, & je ferai bien volontiers
» avec vous, Mademoiſelle, l'eſſai
» d'un amour conſtant : mais ſi
» l'aſtre malin qui a préſidé à ma
» naiſſance, ne me permet pas,
» malgré ma bonne volonté, de
» m'attacher à vous, choſe dont je
» ne puis répondre, ou ſi vous vous
» ennuyez la premiere d'une paſ-
» ſion trop uniforme, alors, en

» reprenant ma liberté, je vous » rends la vôtre ; nous ne ferons » plus qu'amis, si vous le voulez. » Nous pourrons, en logeant dans » une même maison, nous voir » aussi peu qu'il nous plaira, & » recevoir chacun chez nous nos » Amis particuliers & communs. » De ce commerce libre, & tout-» à-fait indépendant, doit néces-» sairement naître la paix, & pro-» bablement l'amitié. Si, par in-» tervalle, quelques mouvemens » d'amour nous rapproche, tant-» mieux ! pourvu que cela n'aille » pas jusqu'à l'importunité ; car le » principe dont nous ne devons » point nous écarter, c'est que le » plaisir est l'ennemi juré de la

» gêne, & qu'on ne parvient ja-
» mais à les réunir. Au reste, les
» égards, les soins, les services mu-
» tuels, tout cela fera partie de
» nos conventions. Nos fortunes
» étant à-peu-près égales, chacun
» jouira de la sienne, sans avoir
» aucun compte à rendre. Enfin
» nous pourrons être alternative-
» ment, & suivant les circonstan-
» ces, tendres Epoux, bons Amis,
» simples Connoissances, ou tout-
» à-fait étrangers, & cela pour
» notre commodité réciproque, &
» pour le plus grand bien de la so-
» ciété. Certainement nous y ga-
» gnerons tous les deux; l'expé-
» rience vous prouvera que pour
» vivre heureuses & tranquiles,

» preſque toutes les Perſonnes ma-
» riées auroient dû prendre ce parti.
» Peſez bien ces conſidérations, Ma-
» demoiſelle, & ſi cet arrangement
» n'entre pas dans vos vues, rom-
» pons, ne nous marions pas; em-
» pêchons nos Parens d'aller plus
» avant; car je ſuis trop honnête-
» homme pour vous jurer une conſ-
» tance à l'épreuve du tems, lorſ-
» que je ne ſuis pas certain de pou-
» voir vous tenir parole ».

Cette propoſition ſinguliere, étonnante même, pouvoit être conſidérée ſous différentes faces : ſi d'un côté elle étoit peu ſatisfaiſante pour l'amour-propre, de l'autre elle annonçoit une franchiſe rare, & d'autant plus vraiſemblable, que ce mariage paroiſſoit plutôt l'ouvrage de nos familles, que le nôtre.

J'héſitai quelque tems à répondre, & pendant cet intervalle de ſilence, que M. de Villefranc n'interrompit pas, je tâchai d'imaginer ce que tout autre auroit fait à ma place ; il me ſembloit dans l'ordre des bienſéances de le congédier avec mépris, & cependant je pris le parti tout contraire.

«—Monſieur, lui dis-je, l'ordre » de mes Parens eſt abſolu; je me » déterminerai ſans répugnance à » obéir, quoique la connoiſſance » que j'ai de votre perſonne & de » vos ſentimens ſoit bien imparfaite, ce qui m'autoriſeroit à ob-

» tenir un délai. Mais comme dans » la malheureuſe poſition où je me » trouve, ce délai ne me ſeroit ac- » cordé qu'à titre de grâce, & que » je rougirois d'en devoir une ſeule » à des Parens qui m'ont ſéparée de » ce que j'aimois, & qui me tiennent » dans un eſclavage odieux depuis » pluſieurs années, j'accepte votre » propoſition à la lettre; c'eſt-à- » dire, ſous la promeſſe que vous » me faites, qu'au cas de meſintelli- » gence entre nous, vous me laiſ- » ſerez l'uſage de mon bien, & li- » berté entiere ».

«—Oui, Mademoiſelle, aux » conditions que j'ai dites, que la » loi ſera égale & la liberté réci- » proque, ſans qu'aucun des deux

» ſoit expoſé aux plaintes de l'au-
» tre ».

«—Vous m'en donnez votre pa-
» role d'honneur » ?

«—Je m'y engage avec joie ».

«—Il ne ſera queſtion d'aucuns
» reproches au ſujet de ma pre-
» miere inclination, puiſque vous
» en êtes inſtruit » ?

«—D'aucuns, vous dis-je, Ma-
» demoiſelle : pouvez-vous détruire
» le paſſé ? Eh ! quel droit avois-je
» autrefois ſur votre cœur ? n'é-
» tiez-vous pas maitreſſe d'en diſ-
» poſer avant de m'avoir connu ?
» D'ailleurs, la Nature, en refu-
» ſant à mon ame le prétendu plai-
» ſir d'aimer juſqu'à la folie, m'a
» préſervé des préjugés puériles

qu'on

» qu'on attache communément au
» bonheur de faire éclore les pre-
» miers soupirs d'une Amante ».

«—Quoi, Monsieur ! sérieuse-
» sement vous ne vous souciez pas
» d'un cœur neuf » ?

«—Peut-être, Mademoiselle,
» est-ce parce que le votre ne l'est
» plus » ?

«—Je ne cherche pas un com-
» pliment ».

«—Aussi n'en est-ce point un,
» Mademoiselle ; je commence à
» m'appercevoir que *je suis in-*
» *vaincu, mais non pas invinci-*
» *ble* ».

«—Je ne me croyois pas capable
» d'un pareil prodige ».

«—Le prodige est grand, je l'a-

» voue ; car l'indifférence faisoit » partie de mon système : mais en » y renonçant, je pourrai goûter » un plaisir de plus, celui d'aimer » sincerement. Quant à la con» stance, c'est une autre affaire ; » puisque vous avez sçu me rendre » sensible malgré moi, il ne vous » sera sûrement pas plus impossible » de me fixer ; mais j'aime mieux » l'être sans le promettre, que de » promettre sans tenir parole ».

«—Soit, Monsieur, j'accepte » l'augure. Au-reste, quoi qu'il » arrive par la suite, je crois, » comme vous, qu'il vaut mieux » vivre tranquiles & indifférens, » que de se tourmenter mutuelle» ment, sous prétexte de s'adorer ».

L'Homme peu gênant qui m'étoit deſtiné prit congé de moi, en m'aſſurant qu'il alloit hâter l'inſtant de notre mariage ; & je le quittai aſſez ſatisfaite.

Pouvois-je deviner que cette apparence de ſincérité fût une ruſe imaginée à loiſir pour me faire tomber dans ſes piéges, & concertée avec mon Oncle, qui m'avoit dépeinte, comme ayant l'humeur fiere, & un cœur idolâtre de la liberté ?

Marthe vit d'abord à ma gaîté que la viſite de M. de Vilfranc ne m'avoit point été deſagréable, & que j'avois profité de ſes leçons. En effet, le plaiſir d'avoir commencé à rendre ſenſible un Homme qui ſe faiſoit honneur de ſon indifférence ; & ſur-tout l'agréable perſpective d'une prochaine liberté, avoient fait ſur mon cœur une impreſſion aſſez vive. D'ailleurs, M. de Vilfranc étoit un fort aimable Cavalier ; ſa taille étoit au-deſſus de la médiocre ; ſon teint un peu brun, mais frais, & ſes dents belles. Il avoit l'abord aiſé & prévenant : je n'avois, à la vérité, d'autre idée de ſon eſprit, que celle que m'en avoit donné l'entretien que je viens de rapporter ; mais comme depuis ce jour ſes viſites furent fréquentes, j'eus occaſion de m'appercevoir qu'il n'en manquoit pas.

Lorſque toutes les affaires d'intétêt furent réglées entre nos deux Familles, je ſortis de mon couvent, ſans autre regret que celui de quitter Marthe, à qui cette ſéparation fut extrêmement ſenſible. Nous nous fîmes les adieux les plus tendres, & je lui promis de venir la voir très-ſouvent.

Au-bout de quelques jours, je fus mariée. La joie & les plaiſirs préſiderent à mes noces. Mais mon bonheur s'évanouit comme un ſonge. M. de Vilfranc ſe vit à peine aſſuré de moi, qu'il refuſa de ſe ſoumettre à la loi qu'il avoit dictée lui-même, & commença à parler en Maître, & en Maître jaloux. Je ne pouvois faire un pas, une ſeule démarche, pas même aller à l'Eglise, qu'il ne prétendît m'accompagner. Ce début m'effraya : je n'avois encore aucune raison particuliere pour deviner le mystere ; mais comme je l'avois épousé, plutôt par convenance que par goût, je me lassai bientôt de ses assiduités importunes. Quand je lui rappellai ses engagemens, il ne m'écouta pas. Déja les suites de sa jalousie me fesoient trembler, lorsqu'une scène tragique me rendit à mon premier état.

Un matin que j'étois encore au lit, on apporta une Lettre à mon adresse ; le Domestique qui la reçut vint me la remettre en présence de M. de Vilfranc. Je reconnus l'écriture de Derville. Aussitôt j'affeſtai de la mettre indifféremment ſous mon oreiller, en diſant qu'elle étoit d'une Compagne de couvent. Quoiqu'on prétende que la diſſimulation ſoit l'art favori des Femmes, je ne pus cependant ſi bien compoſer mon extérieur, que M. de Vilfranc ne s'apperçût de mon émotion. Il demanda à voir la Lettre; je le refuſai; il s'obſtina; j'eus beau proteſter que cette façon d'agir n'étoit pas celle d'un Galant-homme, & que ce n'étoit point du tout-là ce qu'il m'avoit promis; il s'en empara de force & la lut avant moi. Comme je l'ai encore en ma poſſeſſion, je vais la tranſcrire ici.

« J'APPRENDS, Madame, que vous » êtes l'Epouſe d'un Traître, qui a

» indignement abuſé de ma con-
» fiance pour me porter le coup le
» plus ſenſible. Ne ſerois-je pas
» fondé à vous accabler de repro-
» ches ? Non, j'aime mieux croire
» que vous avez été trompée, que
» de vous ſoupçonner infidelle &
» parjure. Eſt-ce le fruit que je
» devois me promettre de ma con-
» ſtance & de mes malheurs ?....
» Qu'importe ; je ſaurai mettre fin
» à ma cruelle deſtinée. Mais mal-
» heur au Scélérat qui m'a trahi ! je
» ne le connois pas pour votre
» Epoux ; c'eſt un monſtre qu'il faut
» étouffer.... Adieu, Madame, plai-
» gnez aumoins les infortunes d'un
» Homme dont vous avez empoi-
» ſonné la vie ».

M. de Vilfranc pâlit à la lecture de cette Lettre. La colere dont je le voyois saisi ne m'annonçoit que trop l'impression qu'elle devoit avoir faite sur lui. Il dissimula cependant, & ne voulut pas me la montrer. Il se contenta de me dire, qu'elle étoit d'un jeune Fou, enfermé à Saint-Yon, & qu'il avoit eu occasion de voir en passant par Rouen, qui le félicitoit de son mariage, & que c'étoit par erreur qu'elle étoit à mon adresse. Je feignis de le croire & de m'être trompée. M. de Vilfranc sortit bientôt après, & eut la mal-adresse de laisser la Lettre dans la poche de sa robe-de-chambre ; ensorte que j'eus tout le loisir de m'en emparer

& de la lire. Sans doute qu'il crut l'avoir perdue, ou qu'il n'y songea plus, car il ne m'en parla jamais.

La connoiſſance que j'avois du caractere fier & impétueux de Derville, me fit craindre ces idées de vengeance qui éclatoient dans sa Lettre. Je savois qu'une exécution prompte suivoit toujours ses projets: je me déterminai à lui faire cette réponse :

« Le sort cruel qui n'a cessé de » me poursuivre met enfin le comble à mes malheurs. Quoi! cher » Derville, vous vivez, & vous ne » m'avez point oubliée? Dieux! que » ne m'avez-vous écrit plutôt! jamais l'Homme dont je porte le

» nom n'auroit été mon époux.
» Hélas! il l'eſt, & me le fait déja
» ſentir. Cependant mon cher,
» mon très-cher Derville, ſi une
» Femme qui a eu des droits ſur
» votre cœur, peut encore en pré-
» tendre à votre pitié, n'ajoutez
» pas au chagrin qui me tue, en
» nourriſſant des projets de ven-
» geance : mon devoir m'attache
» à l'Homme contre lequel vous
» conſpirez, & mon cœur m'en-
» traîne vers vous. Quelle ſitua-
» tion! Pour comble de malheur,
» il faut que je vous cache, & que
» je me cache à moi-même, s'il ſe
» peut, les mouvemens d'un cœur
» qui s'élance encore vers ce qu'il
» aime...... Adieu, cher Derville;

» jettez les yeux ſur le ſort de la » pauvre Bléville, toutes les fois que » vous vous croirez malheureux, & » jugez qui de vous ou de moi mérite » plus de pitié ».

Je fis partir cette Lettre à l'adreſſe de Derville à Saint-Yon ; mais il ne la reçut pas, n'y étant plus alors.

Les procédés de M. de Vilfranc me le rendoient tous les jours plus odieux : je ne voyois plus en lui qu'un Traître qui avoit feint de ſe prêter à mes foibleſſes, pour me tromper plus ſûrement, & je méditois quelque prétexte de ſéparation : Derville m'en évita la peine.

Il y avoit cinq à ſix jours que l'avanture de la Lettre étoit paſſée,

& qu'il regnoit entre M. de Vilfranc & moi une diviſion continuelle, ou plutôt une guerre ouverte, lorſqu'un matin, pendant ſon abſence, un de mes Domeſtiques vint me dire qu'un Homme à cheval me demandoit, & vouloit me dire un mot en particulier. Je donnai ordre de le faire entrer..... Quelle ſurpriſe! Derville déguiſé en Poſtillon ſe précipite audevant de moi.

«—Je n'ai pas un inſtant àperdre, » Madame, me dit-il, écoutez-moi » ſans m'interrompre. Mon Pere, » en me ſéparant de vous, m'a fait » enfermer à Saint-Yon, où j'ai » connu votre Mari, qui y étoit » depuis un an; la cauſe de ſa diſ-

» grace étoit une baſſeſſe [illegible] » deshonoré une Fille de [illegible], » qu'il refuſoit d'épouſer : ſes pa- » rens, indignés, obtinrent des » ordres pour le faire enfermer. » J'appris après ſon départ ces dé- » tails, qu'il m'avoit déguiſés. Son » air de franchiſe lui gagna ma » confiance. Je lui fis le récit de » mes malheurs ; il me ſembla y » prendre beaucoup d'intérêt : il me » promit d'employer tous ſes ſoins » pour me rendre ſervice auſſi-tôt » qu'il auroit recouvré ſa liberté. » La confiance eſt le défaut ordi- » naire d'un Homme franc & ſin- » cere ; je le crus mon ami, & » lui confiai tout ce que j'avois de » plus cher, jusqu'à lui dire votre

» nom & votre demeure. Crédu-
» lité aveugle ! aveus imprudens &
» indiſcrets ! L'époque de ſa liberté
» arriva, il me quitta avec les dé-
» monſtrations de la plus vive ami-
» tié. Le Scélérat ! .... il médi-
» toit en m'embraſſant le projet de
» me trahir. Le cœur trop plein
» de vous, il m'arrivoit ſouvent de
» vous peindre à lui ſous les traits
» de la plus ſéduiſante beauté, telle
» que je vous vois enfin ; mes récits
» lui firent concevoir le deſſein af-
» freux de m'enlever ce que j'ai-
» mois, & d'être heureux à mes
» dépens. J'ai appris par un Do-
» meſtique de mon Pere, qui m'eſt
» reſté malgré mes diſgraces, qu'au
» lieu de me ſervir auprès de l'Au-

» teur de mes jours, il ne cessoit de » l'indisposer contre moi, en l'assurant que mes résolutions n'étoient nullement changées, & » que je n'envisageois que l'instant heureux qui devoit me réunir à vous. Je sçus qu'il avoit » même fait à votre Famille des » propositions pour vous obtenir en » mariage. La rage m'a fait trouver les moyens de m'échapper de » ma prison. La certitude où j'étois d'être bientôt suivi, fut ce » qui me détermina à me cacher » promptement dans un village, » pour y séjourner quelque tems » sous un habit de Paysan. Lorsque le peu d'argent que j'avois eu » de quelques effets que je vendis,

se

» ſe trouva preſque épuiſé, j'écrivis » à mon fidele Domeſtique le lieu » de ma retraite ; il m'envoya ſur le » champ le fruit de ſes épargnes, » avec la nouvelle de la mort ſu- » bite de mon Pere. Je volai à » Paris pour me venger, après » avoir remis mes affaires & ma » procuration entre les mains d'un » ancien Ami. J'ai pris le dégui- » ſement que vous voyez, & de- » puis vingt-quatre heures je cher- » chois votre Mari. Enfin je l'ai » rencontré, & l'ai forcé de me » faire raiſon de ſa lâcheté : il m'a » ſuivi à l'entrée du bois de Vin- » cennes ; c'eſt-là que mon bras a » ſçu vous délivrer d'un Monſtre » indigne de vous. Adieu, Ma-

» dame ; je me ſauve prompte-
» ment : ſi cette affaire eſt décou-
» verte, je laiſſe un Ami qui fera
» ce qu'il faudra, & que j'informe-
» rai de ma retraite. En quelque
» endroit que j'aille, vous recevrez
» de mes nouvelles avant peu de
» jours par mon Ami ou par moi,
» & je verrai alors ſi l'abſence &
» le malheur n'ont rien changé à
» vos ſentimens ».

Le ſaiſiſſement & la frayeur où me jeta ce diſcours, m'ôterent le pouvoir de lui répondre un mot, & je ne revins à moi que pour tomber bientôt dans une ſituation plus critique.

Un carroſſe qui arrêta à ma porte me cauſa un tremblement univerſel ; la frayeur me fit chanceler : mais la raiſon ranimant mes forces dans un moment auſſi douloureux, je volai audevant du triſte ſpectacle qui m'étoit préparé, afin de faire donner à mon Mari tous les ſecours qui dépendroient de moi..... O Dieu ! qu'apperçus-je ? M. de Vilfranc prêt à rendre les derniers ſoupirs! Deux Payſans l'accompagnoient. L'un d'eux me dit qu'un Cavalier, paſſant fort vîte, les avoit avertis qu'à l'entrée du bois de Vincennes, il y avoit un Homme qui ſe trouvoit mal, & les avoit engagés à l'aller ſecourir, ſans vouloir y venir lui-même, ſous prétexte d'être fort preſſé. Ils avoient à la vérité trouvé un

Homme à l'endroit indiqué, mais ercé de deux coups d'épée, & hors d'état de parler, & qu'ils avoient sçu sa demeure par plusieurs Lettres trouvées dans ses poches. Je sentis quelles conséquences funestes pourroient résulter d'une pareille avanture. Pour me mettre à l'abri de tous reproches, je me transportai chez un Commissaire avec les deux Paysans; nous y fimes la déclaration de ce qui venoit de se passer, & je cachai soigneusement ce que j'en savois en particulier.

Le Chirurgien que j'avois envoyé chercher, après avoir examiné & sondé les plaies, n'en trouva qu'une dangereuse : il le pansa, remettant ſa viſite à vingt-quatre heures pour lever les premiers appareils, & prononcer ſûrement l'arrêt de ſa guériſon ou de ſa mort. Mais, malgré ſa conjecture, M. de Vilfranc mourut deux heures après, ſans avoir prononcé une ſeule parole.

S'il ne me fut pas poſſible de tenir cette malheureuſe affaire tout-à-fait ſecrete, au-moins je crus avoir fait beaucoup que d'éviter qu'elle éclatât dans le monde avec toutes ſes circonſtances.

Je ſens bien que c'eſt ici l'occaſion de décrire une douleur extrême, & de ne me faire voir qu'entourée de voiles lugubres; autrement le Lecteur me regardera de mauvais-œil. On attend peut-être encore de moi que je poursuive avec ardeur l'Assassin de mon Mari, & que je me charge de tirer vengeance de sa mort. Comme je n'en fis rien, il n'est pas inutile, je crois, de dire quelques mots pour ma justification.

M. de Vilfranc, pour m'engager à l'épouser, m'avoit trompée, en me faisant envisager une vie libre & agréable, parce qu'il savoit que j'étois entêtée de la liberté; & au lieu de tenir sa parole, il n'avoit pas tardé à me faire sentir le poids de l'esclavage, & les desagrémens d'une jalousie malfondée. Je l'avois épousé sans amour; sa conduite me le rendoit insupportable, & je le haïssois; j'adorois son Rival, qui d'ailleurs l'avoit tué à armes égales, pour venger une trahison infâme. En prenant le parti du premier, je perdois l'autre, & celui qu'il auroit fallu perdre m'étoit plus cher cent fois que celui dont j'aurois vengé la mort. Quel parti me restoit-il à prendre? Celui de la vengeance pouvoit entraîner à sa suite des conséquences bien fâcheuses pour moi. Je n'étois assurément pas complice de la mort de M. de Vilfranc; je puis même me rendre cette justice, que dans l'instant où je le vis expirant, j'aurois voulu pouvoir lui racheter la vie aux dépens d'une partie de la mienne, malgré toutes les raiſons que j'avois de le haïr. Mais ſi j'avois porté mes plaintes à la Juſtice, & que j'euſſe nommé le Coupable, que n'eût-on pas ſoupçonné, en apprenant que j'avois reçu chez moi le Meurtrier de mon Mari ? que cet Homme avoit été mon Amant ? qu'il étoit venu me faire confidence de ſon crime ? & que je lui avois juré par écrit, quelques jours auparavant, de ne l'oublier jamais ? car on auroit infailliblement découvert tout cela. Qu'auroit-on été en droit de penſer ſur mon compte ? ſinon que j'avois participé à un crime, dont la ſeule idée me fait encore frémir, & que mes accuſations étoient une ruſe maladroite, dont

dont je me servois, pour tâcher de paroître innocente. Cette conséquence étoit claire ; ainsi, en voulant perdre Derville, je me serois perdue moi-même. Voilà pourtant le précipice profond où m'auroient entraînée ces grands mots, d'*honneur* & de *vengeance*. Je veux bien même supposer que je n'eusse été compromise en rien : Quel bien mes plaintes auroient-elles produit ? M. de Vilfranc étoit mort ; le mal étoit sans remede ; & ç'auroit été faire trois Malheureux. D'ailleurs, Derville s'étoit mis en sureté par la fuite, & je n'en ai jamais entendu parler depuis ce fatal événement : j'ai appris que toutes les perquisitions de sa

Famille, pour ſavoir ce qu'il étoit devenu, avoient été ſans ſuccès. On croit que cet infortuné Jeune-homme s'étoit noyé dans le paſſage de France en Angleterre. Mais je laiſſe toutes ces triſtes idées, pour paſſer à des objets plus agréables.

Quelle diſtance de l'état où j'étois quelques jours auparavant, à celui où je me trouvai alors! Jeune, riche, jolie & Veuve; que de prérogatives pour être heureuſe, ſur-tout dans une ville où chacune de ces qualités paſſe pour un brillant avantage! Une Femme peut avoir des Amans; l'expérience le prouve, & l'uſage en eſt reçu; mais il y a des apparences à ſauver, un *decorum* à garder, un Mari commode à payer, ou un Mari jaloux à écarter; enfin bien des précautions à prendre. Une Veuve eſt diſpenſée de tout cela, quand elle ſait mettre à profit tous les avantages de ſon état, & uſer de ſes droits; tous les tems, tous les lieux lui ſont égaux; la précieuſe liberté attachée au titre de Veuve eſt au-deſſus de la bienſéance; elle ferme la bouche des Médiſans. Souveraine abſolue, une Veuve ne connoît d'autres loix que ſes caprices, d'autres idoles que ſes plaiſirs, ni d'autre autorité que celle qu'il lui plaît d'exercer ſur une foule de Soupirans, qui ſe diſputent l'honneur de porter ſes fers. C'eſt ainſi qu'elle dédommage un peu notre Sexe de la ſupériorité naturelle aux Hommes, quoiqu'ils en faſſent preſque toujours un ſi mauvais uſage.

Titre ineſtimable, vous êtes actuellement le mien! Je ſuis Veuve; j'ai le droit d'avoir des Amans & de les afficher; je vais être coquette & galante impunément à la barbe de tout Paris, ſans que Perſonne oſe me blâmer. Je n'aurai d'autres occupations que celles de l'amour libre, ni d'autre ſouci que celui de varier mes plaiſirs. Eſt-il un genre de vie plus agréable?

O vous, mes cheres Compagnes! qui courez actuellement la carriere de la coquetterie, dont je faiſois jadis mes délices, parlons un peu ſérieuſement, & convenons que les Femmes ſont bien ſottes de ſacrifier ainſi leur honneur & leur tranquilité, au vain plaiſir de commander quelques inſtans à des Ingrats, qui ne ſe rendent Eſclaves & ne rampent à nos pieds, que pour acquérir le droit de nous mépriſer enſuite ! Notre vanité trouve ſon compte à exercer une entrepriſe deſpotique ſur des Hommes quelquefois aimables, & notre mérite nous ſemble être le ſeul objet de leurs ſoins. Mais ne nous y trompons pas, le plaiſir eſt lá ſeule idole à laquelle ils ſacrifient; c'eſt plus par intérêt pour eux qu'ils s'humilient, que par amour pour nous: ce qui eſt ſi vrai, que dans un ſeul jour ils vont tenir les mêmes propos à vingt Femmes différentes.

Vous me répondrez ſans doute, qu'une pareille légéreté les rend plus mépriſables que nous. Je le ſais parfaitement ; mais en ſommes-nous moins les victimes ? Ah ! s'il étoit poſſible d'attraper quarante ans avant d'en avoir quinze, nous ferions, toutes tant que nous ſommes, bien moins de folies ! mais malheureuſement nous n'acquérons l'expérience qu'à nos dépens, parce que le cœur palpite, avant que la raiſon ait parlé.

Auſſi-tôt que je fus en deuil, une foule de Petits-maîtres (eſpeces d'Hommes indéfiniſſables qui ne ſavent que pirouetter & s'admirer), s'empressa de venir consoler la belle Veuve. Aucun n'y trouva son compte ; je n'étois encore sensible qu'au plaisir de la liberté ; d'ailleurs, j'attendois de jour en jour des nouvelles de Derville. Cependant pour paroître chercher à dissiper le chagrin que je devois avoir, je passois la plupart des jours aux Spectacles ou aux Promenades, & souvent les nuits au Bal. Malgré cela, je résistai quatre mois entiers aux violentes attaques des Elégans qui m'assiégeoient de tous côtés. Mais on a beau faire, la meilleure résolution se trouve quelquefois en défaut, & il y a des circonstances critiques pour la vertu d'une Femme, qu'il est impossible de prévoir :

telle eſt celle dont je vais rendre compte.

Le Chevalier de Sainfort, jeune Militaire, allié à ma Famille, ne manquoit pas une occaſion de me faire ſa cour ; je le recevois avec plus de plaiſir que tous ſes Rivaux, parce qu'il poſſédoit ces qualités aimables, ces petits riens, cet art de parler une heure ſans rien dire, enſin ce talent agréable & dangereux d'amuſer une jolie Femme. Il me propoſa une partie de Bal d'Opéra, où je n'avois jamais été: je l'acceptai, & il m'y conduiſit à l'heure où la Foule étoit nombreuſe. La chaleur exceſſive, occaſionnée par la quantité de monde qui s'y trouva, & ces mouvemens rapides, continuels & bruyans, auxquels je n'étois pas accoutumée, & qui ſont le charme de cette Aſſemblée, m'incommoderent au-point, que je priai le Chevalier de me conduire chez moi. Mais envain voulus-je rentrer; mes Domeſtiques, profitant de mon abſence, avoient été paſſer la nuit de leur côté, enſorte que je fus forcée de reſter à la porte. J'eus beau frapper, peſter, jurer de les mettre tous dehors le lendemain, tout cela ne remédioit à rien. Nous eſſayâmes d'enfoncer la porte; nos efforts furent inutiles; ſoit qu'elle fût trop bien fermée, ou ſoit que mon Compagnon, qui avoit ſes vues, ne fît que de légeres tentatives. Je me vis obligée de me rendre aux ſollicitations du Chevalier, qui me conduiſit chez lui. Il étoit Garçon, & n'avoit pour tout Domeſtique qu'un ſeul Laquais. Je m'imaginai que ma démarche ſeroit ignorée (car l'opinion publique avoit encore un peu d'empire ſur moi) : mais qu'il eſt dangereux pour une Femme de ſe trouver ſeule la nuit chez un aimable Etourdi ! d'abord il me preſſa de me coucher, & offrit de paſſer dans une autre chambre. Je n'y voulus pas conſentir. « — Qui me répondra de votre » ſageſſe, lui dis-je. — Le reſpect » le plus ſcrupuleux ; je vous en » donne ma parole. — Je n'ai pas » aſſez bonne opinion de vous pour » me contenter d'un pareil gage.

»—Je vous aſſure cependant, belle » Couſine (c'eſt ainſi qu'il m'ap- » peloit) que ſans votre aveu, je ne » hazarderai pas le plus petit bai- » ſer—». Et en même-tems il me baiſa la main. Je la retirai aſſez vivement; ce qui ne l'empêcha pas d'en faire autant de l'autre. Je me fâchai; il me demanda pardon à genoux (attitude dont je connoiſſois tout le danger), en me jurant qu'il m'adoroit : s'enhardiſſant de plus en plus, il voulut me prouver que je n'avois aucune raiſon, pas même le plus léger prétexte, pour le rendre malheureux, puiſque perſonne ne ſachant que j'étois chez lui, je ne devois craindre aucuns propos. »-Vous croyez donc, Monſieur, que

» c'eſt la crainte des propos qui eſt
» la regle de ma conduite ? Vous
» avez pris de moi, à ce qu'il me
» ſemble, une opinion aſſez peu
» avantageuſe ! —Sur mon hon-
» neur, belle Couſine, j'en ai la
» meilleure opinion du monde :
» mais en ſeriez vous moins ver-
» tueuſe, ſi vous vous relâchiez un
» peu de votre extrême ſévérité en
» faveur du plus tendre Amant ? Je
» vous ſoutiens, moi, qu'une Femme
» moralement ſage, eſt plus eſti-
» mable mille fois, même en ſacri-
» fiant à l'Amour, qu'une Coquette
» ou qu'une Prude qui ſe fait long-
» tems prier, plutôt pour ſauver
» les apparences, que par ſcrupule.
» Aureſte, je prends la faute ſur

» moi; je me charge ſeul du crime; » puiſque vous voulez donner ce nom » odieux au ſentiment le plus tendre » & le plus naturel—».

Cette belle Logique n'avoit pas le ſens commun; mais le Chevalier étoit joli Homme; il parloit beaucoup, & s'émancipoit encore plus; ce qu'il diſoit ne me touchoit gueres, & cependant lorſqu'il eut achevé de parler, je me trouvai presque dans l'impoſſibilité de me défendre... Il triompha.

Le Chevalier ne me permit de me dégager de ſes bras, qu'à condition que je conſentirois à me mettre au lit le reſte de la nuit. Que pouvais-je faire? Le Vainqueur eſt toujours Maître des conditions, & puis le premier pas étoit fait; c'eſt le ſeul qui coûte.

Le petit jour commençant à paroître, je fis une eſpece de toilette; & le Chevalier me remit chez moi.

Lorſque je fus ſeule, je me rappelai toutes les circonſtances de mon avanture, & je m'étonnai d'avoir réſiſté ſi foiblement; car le Chevalier la veille de ma défaite, ne me faiſoit aucune impreſſion. Il eſt donc vrai, me diſois-je, que l'Homme qui nous eſt le plus indifférent, peut triompher de notre vertu, s'il ſait employer un peu d'art.

Le Chevalier ſe rendit chez moi le lendemain matin à mon lever. Dans la perſuaſion où j'étois qu'il m'adoroit, j'avois déja, dans mon particulier, médité le joli projet d'un commerce agréable & réglé; dont la discrétion, que je lui supposois, devoit encore, selon moi, augmenter le charme. Mais quelle surprise fut la mienne, quand je le vis recevoir avec froideur les caresses que je lui fis! Au dépit succéda l'étonnement, & j'en vins à des reproches très-vifs, auxquels il ne répondit que par un grand éclat de rire. Quand il vit que l'indignation s'en mêloit, il prit alors un air plus composé. «—De quoi » vous plaignez-vous, Madame, » me dit-il? Je vous ai juré que je » vous aimois, cela est vrai; trou- » vez-vous donc que je ne vous l'aie » pas prouvé d'une maniere assez

» convaincante? Et, tout considéré, » n'ai-je pas fait pour vous plus » encore que vous n'avez fait pour » moi ? Car enfin, ce n'est sûrement pas à votre bonté que je » suis redevable des avantages que » j'ai pris sur vous ; mais à ma seule » adresse, ou plutôt à mon mérite. Cependant je ne veux pas » passer pour ingrat, & je vous » promets la reconnoissance la plus » vive. Mais pour soutenir le rôle » de Soupirant, d'Adorateur, je » m'y appliquerois en vain ; c'est » une chose qu'il m'a toujours été » impossible de faire. Croyez, » d'ailleurs, que vous y perdriez » beaucoup ; vous avez assez de » charmes pour faire mourir de ja-

» lousie

» lousie les trois quarts des jolies » Femmes, en fixant auprès de » vous les plus aimables Cavaliers; » or ce seroit arrêter le nombre » inouï des Conquêtes que vous pou- » vez vous promettre, que de me » déclarer pour être à vous. Cet » arrangement décidé, comptez sur » ma discrétion; il n'y a que les » étourderies dont je ne peux pas » répondre; mais je ferai tout ce » que je pourrai, pour qu'il ne » m'échappe rien qui puisse vous » desobliger —». Ce compliment achevé, deux ou trois pirouettes qu'il fit sur le talon me délivrerent de son impertinente figure.

Il n'est gueres possible d'exprimer à quel point j'étois piquée! L'indignation m'avoit rendue muette. Quelle Femme auroit pu digérer une pareille insolence ? Elle étoit extrême ; il n'y avoit que l'idée d'une vengeance complette qui pût me consoler un peu. Je me promis de tout employer pour y réussir, mon avanture dût-elle devenir publique ; la honte m'en paroissoit moindre que celle de souffrir en paix le traitement injurieux du Fat qui m'avoit offensée.

Je fus invitée à dîner quelque tems après chez une Dame Balin, Veuve d'un riche Intendant qui donnoit à jouer. Sainfort, qui s'y rendoit souvent, lui avoit tout récemment joué un tour plus cruel encore qu'à moi. Elle le recevoit cependant toujours chez elle, pour l'engager à la discrétion, & elle avoit si bien réussi, qu'elle seule croyoit secrette l'avanture que tout Paris savoit, & que le Lecteur saura bientôt aussi. La Compagnie étoit nombreuse; le repas fut gai. A l'exception de moi, pas une Femme n'échappa à la satyre d'un Jeune-homme nommé de Perceval, qui savoit par cœur la chronique scandaleuse de tout Paris, & qui joignoit beaucoup d'esprit, à une grande inclination pour la médisance: (ce vice étoit autrefois de mode; aujourd'hui c'est la calomnie.) Le tems, les lieux, les Personnages, les plus particulieres circonstances, rien ne lui échappoit.

Il falloit qu'il eût un Démon familier qui vînt lui rendre un compte exact du genre de vie de toutes les Femmes. Aucune de celles qui étoient présentes ne se fâcha, parce qu'il médisoit si légérement, & avec tant de graces, que celles mêmes qui étoient intéressées à le faire taire, prenoient le parti de rire comme les autres. Lorsqu'il eut fait sa ronde, on le plaisanta beaucoup sur ce qu'il m'avoit ménagée, & sur le motif qui l'y avoit engagé. Il se défendit, en me demandant ironiquement si j'avois eu beaucoup d'agrément au Bal de l'Opéra avec M. le Chevalier de Sainfort ? Ce trait malin m'étourdit; ne sachant que répondre, je soutins n'y avoir pas été, mais d'un air ſi troublé, que je me décelois moi-même. M. de Perceval feignant quelque regret de m'avoir fait une peine ſi cruelle, ajouta que c'étoit une mauvaiſe plaiſanterie de ſa part, puiſqu'il ſavoit que je n'y avois pas reſté toute la nuit. Ce dernier ſarcaſme, non moins ironique que le premier, acheva de me faire perdre contenance ; je rougis & reſtai muette. Comment, vous rougiſſez, me dit Madame Balin ? Vous avez tort : n'eſt-il pas juſte que M. de Perceval, qui vous a divertie à nos dépens, nous dédommage un peu ? Sachez que perſonne de nous n'ignore ce qui vous eſt arrivé avec Sainfort, & que perſonne ne vous en blâme. Mais ſi vous voulez, nous concerterons toutes enſemble quelque moyen d'en tirer une vengeance commune ; car il y a peu de Femmes ici qui n'aient ſujet de ſe plaindre de ce Fat, tout aimable qu'il eſt. Tout le monde applaudit, & moi la premiere, quoiqu'encore un peu honteuſe. Les Hommes qui ſe trouvoient préſens au complot, mais qui n'y entroient pour rien, s'engagerent, ſous parole d'honneur, à ne point l'avertir. Je demandai à jouer le premier rôle; on ne me l'accorda qu'à condition que je raconterois les détails de mon avanture. Je le fis fort ingénuement ; mais en déguiſant certains faits. Et il ſe trouva que j'étois des moins maltraitées. Madame Balin, à ſon tour, ſe rendit à nos preſſantes ſollicitations, & convint hautement, qu'ayant fait la ſottiſe de le recevoir ſecrettement chez elle, à une heure où tout le monde la croyoit ſeule ; il avoit eu l'effronterie de ſonner un Domeſtique, & de lui dire, d'aller chercher une voiture, parce qu'il avoit un autre rendé-vous. Enſuite, ajouta Madame Balin, il éclata de rire, & ſortit en me perſifflant.

Il fut conclu d'une voix unanime, que nous participerions toutes à la vengeance. Nous nous trouvions huit Femmes, c'en étoit aſſez pour employer la force même, en cas de beſoin. Il ne fut plus queſtion que de trouver une occaſion convenable : elle ſe préſenta bientôt.

Fin de la premiere Partie.

www.ingramcontent.com/pod-product-compliance
Ingram Content Group UK Ltd.
Pitfield, Milton Keynes, MK11 3LW, UK
UKHW031909260826
14628UKWH00003B/1073

9 782329 576466